KB078702

ARDIEN SAGA

아르디엔
전기

FANTASY FRONTIER SPIRIT

인기영 판타지 장편 소설

아르디엔 전기 9

인기영 퓨전 판타지 소설

초판 1쇄 찍은 날 § 2014년 7월 25일
초판 1쇄 펴낸 날 § 2014년 8월 1일

지은이 § 인기영
펴낸이 § 서경석

편집부장 § 권태완
편집책임 § 이효남

펴낸곳 § 도서출판 청어람
등록번호 § 제387-1999-000006호
등록일자 § 1999. 5. 31
어람번호 § 제1-1907호

주소 § 경기도 부천시 원미구 부일로 483번길 40 서경B/D 3F (우) 420-822
전화 § 032-656-4452 팩스 § 032-656-4453
http://www.chungeoram.com
E-mail § chungeorambook@daum.net

ISBN 979-11-316-9141-0 04810
ISBN 978-89-251-3539-7 (세트)

[완결]

ARDIEN SAGA

아르디엔 전기

FANTASY FRONTIER SPIRIT

인기영 판타지 장편 소설

도서출판
청어람

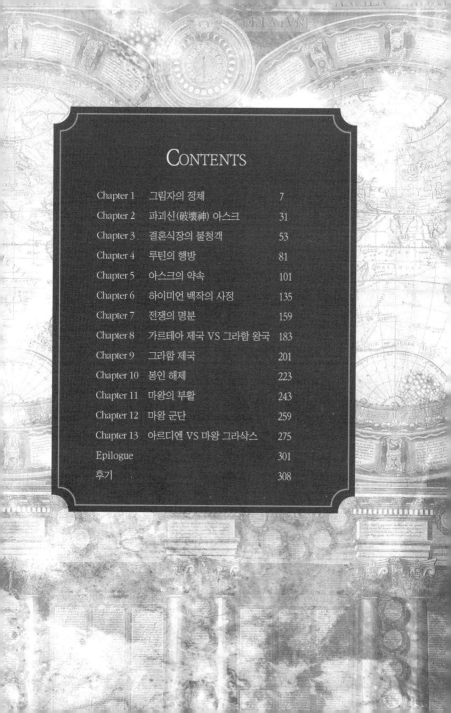

CONTENTS

Chapter 01
그림자의 정체

아르덴 전기

"안녕? 난 그림자야."

아르디엔의 정신이 멍해졌다.

죽음에서 되돌아와 새로운 삶을 살게 된 이후, 이토록 큰 충격이 뇌리를 때린 적은 없었다.

왕성의 정원에서 아르디엔을 보고 서 있는 이는 바로 아르디엔 자신이었다.

생김새도, 목소리도 똑같았다.

아니, 사실 목소리는 약간의 이질감이 있었다.

사람은 본인의 목소리를 타인이 듣는 것과 똑같이 인식하지 못한다.

한데 아르디엔은 그 이질감이 느껴지는 자신의 음성을 어디에선가 들었던 기억이 분명히 있었다.

'언제였지?'

그때 '그'가 다시 입을 열었다.

"많이 놀랐나?"

순간 아르디엔은 기억해냈다.

'잃어버렸던 것을 다시 돌려주지. 이번엔 파내거나 하지 말라고. 이건 네가 선택된 자라는 증표 같은 거니까.'

'그리고 내가 누군지 아직도 기억 못하는 것 같은데. 난 말야… 아니, 내가 누군지에 대해선 하나의 즐거움으로 남겨두지. 힌트를 주자면 '그림자' 정도일까?'

'눈을 떠. 돌아갈 시간이야.'

그것은 전생에서 아르디엔이 죽어갈 때 들었던 그 음성이었다.

아르디엔이 하멜의 일족이라는 것을 알려주고, 스스로 파냈던 용 문신을 돌려주었던 사내.

죽어가는 당시에는 그것이 아르디엔 본인의 음성이라는 것을 눈치채지 못했다.

그런데 지금은 확연히 알 수 있었다.

"누구냐, 넌."

아르디엔이 '그'에게 물었다.

"말했잖아. 그림자라고. 더 정확히 말하자면 세상의 그림 자라고 해야 할까?"

세상의 그림자라니 무슨 말을 하는 건지 알 수 없었다.

"난 어떤 그림자로든 살아갈 수 있지. 누구의 그림자도 될 수 있고, 무언가의 그림자도 될 수 있어. 세상이 나를 품었고, 나 역시 세상을 품었었어."

들으면 들을수록 난해해지는 말이었다.

아르디엔은 그의 말을 무시하고 냉정하게 생각하기로 했다.

세상에 자신과 꼭 닮은 사람이 존재할 수 있을까?

그럴 수도 있다.

희박한 확률이지만, 그 많은 인간들 중, 어찌 나와 꼭 닮은 이가 하나도 없을 것이라 확신할 수 있겠는가.

한데 문제는 눈앞의 사내가 그저 자신과 닮기만 한 게 아니라는 것이다.

그는 아르디엔에 대해 많은 걸 알고 있었다.

게다가 전생의 일까지 언급했다.

'그림자'라는 단어 하나로 모든 것이 설명되었다.

타임 슬립.

그것은 하멜의 일족인 아르디엔에게만 있는 능력이었다.

때문에 아르디엔을 제외한 다른 이들은 미래의 일을 알지 못하며, 아르디엔이 미래에서 과거로 돌아왔다는 것도 모른다.

"한 번 미래를 겪고 나니, 확실히 더 괜찮은 삶을 살고 있군."

"마지막으로 묻겠다. 정체가 뭐냐."

"네가 이 세상에 태어날 수 있었던 근원이 된 남자."

아르디엔의 동공이 커졌다.

그 한마디엔 참으로 많은 의미가 내포되어 있었다.

"아르디엔. 네 몸 안엔 내 피가 흐른다."

"뭐……?"

아르디엔의 심장이 쿵 하고 내려앉았다.

지금 이자가 아르디엔의 아비라고 말하는 것인가?

그렇다면… 하이미언 백작은?

"깊이 생각할 필요 없어. 네 어미와 내 사이의 어떠한 관계를 통해 네가 태어난 것은 아니니. 그것보다 근원적인 이야기다."

남자가 왼쪽 소매를 걷어 올렸다.

그의 왼쪽 어깨엔 아르디엔의 것보다 훨씬 크고 강인한 용

모양의 반점, 아니 문신 같은 것이 박혀 있었다.

"난 최초의 하멜의 일족. 라하트마다."

"…라하트마!"

라하트마가 누구인가.

그는 이그드라엘 대륙에서 절대 지존의 자리를 고수했던 전설의 무신이다.

아르디엔 역시 그의 자서전을 수백 번 되읽다가 초월의 경지에 들어서게 되었다.

그런데 지금, 아르디엔과 똑같이 생긴 정체불명의 사내가 자신을 라하트마라 말했다.

게다가 하멜의 최초의 하멜의 일족이라고 했다.

아르디엔은 급격한 혼란에 빠졌다.

하지만 이내 마음을 다잡고 냉정을 되찾았다.

상대방에게 동요해 흔들리면 제대로 된 사고를 할 수 없게 된다.

사내가 말한 이야기의 요점만 정리해 보자면 아르디엔이 받아들여야 하는 사실은 의외로 간단하다.

'무신 라하트마는 사실 하멜의 일족이었다' 라는 것.

그것 하나였다.

이제부터 알아야 하는 것은 그가 왜 아르디엔을 도와주었으며, 지금 자신을 만나러 왔는가다.

일단 한 가지는 대충이라도 짐작할 수 있다. 만약 그가 정말 하멜의 일족이라면 자신의 일족이 그렇게 죽어버리는 것을 두고 보고만 있을 수 없었을 수도 있다.

그렇다면 아르디엔 외에 다른 어딘가에 살아 있을지 모를 다른 하멜의 일족들의 삶에도 관여를 했을까?

라하트마는 아르디엔의 그 모든 고민과 생각을 다 꿰뚫어 보는 얼굴로 다시 입을 열었다.

"정리해 주지. 나는 하멜의 일족이다. 그것도 첫 번째 하멜의 일족이었지. 내 이름은 라하트마. 태어나서 열심히 무예를 갈고 닦아 무신의 경지에 이르렀다. 이후 반신의 영역에 발을 디뎠고, 그보다 더욱 높은 곳에 올라서 인간으로서 신과 가장 가까울 수 있는 존재가 되었다. 그리하여 시공간을 초월하는 것까지 가능케 되었지. 때문에 난 세상의 모든 사람 중 유일하게 네 타임 슬립 능력에 지배당하지 않을 수 있었던 것이고."

놀라운 이야기였다.

아르디엔은 점점 그에게 궁금한 것이 많아졌다.

"정말 당신이 하멜의 일족이며, 라하트마가 맞습니까?"

친분이 있지 않은 낯선 이에겐 어지간해서 경어를 사용하지 않는 아르디엔이다.

한데 라하트마는 대우를 해주었다.

그의 전신에서 뿜어져 나오는 기도와 분위기, 그의 깊은 눈빛이 결코 거짓을 말하는 것 같지 않았다.

아르디엔은 반신의 경지에 오른 사람이다.

사람을 대함에 있어 그가 진실을 말하는지 아닌지는 대번에 파악이 가능하다.

그럼에도 한 번 더 물어본 것은, 쉽게 수긍을 하기엔 사이즈가 너무 큰 이야기이기 때문이었다.

라하트마는 고개를 끄덕였다.

"그래."

"하면, 왜 날 도와주었던 건지 말해주십시오."

"이야기가 길어질 텐데 좀 앉지."

*   *   *

아르디엔과 라하트마는 달빛이 부서지는 정원 벤치에 나란히 앉아 있었다.

라하트마는 잠시 운치를 즐기다가 입을 열었다.

"네가 나라는 존재를 제대로 인식하기 시작한 건, 전생에서 죽음을 맞이할 때였어. 그렇지?"

"맞습니다."

"고마워해야 할 거야. 이미 세속의 일엔 관심을 끊은 내가 이런 식으로 도움을 준 건 처음이었으니."

아르디엔은 왜 도움을 주었는지가 한참 전부터 궁금했다.

하지만 그전에 다른 것을 먼저 물었다.

"당신은 없어진 제 용의 반점을 되살려줬습니다. 그것은 당신이 최초의 하멜의 일족이기에 가능한 것입니까?"

"아니. 그런 건 아니야. 아무리 내가 하멜 일족의 근원이라 해도 그건 불가능하지."

"그렇다면 어떻게……."

"아까 말했지. 난 반신의 경지를 넘어섰다고."

아르디엔이 고개를 끄덕였다.

아르디엔 역시 데미갓이 될 수 있다. 그게 얼마나 대단한 경지인지 익히 알고 있다. 한데 라하트마는 그 이상에 발을 디뎠다고 말했다.

"인간이 인간으로서 가장 높이 올라갈 수 있는 경지, 그것을 난 완전체(完全體)라고 부른다."

"완전체……."

"완전체가 되는 순간 인간은 신이 정해 놓은 세상의 모든 법칙을 무시하게 된다. 시공간을 초월하게 된단 말이지."

"그래서 그 완전체의 힘으로 용의 반점을 다시 되살렸다는 겁니까?"

"그래."

"왜 그러셨습니까. 제가 하멜의 일족이라 그런 겁니까?"

"그것도 맞지만 단순히 그 이유만으로 내 행동을 설명하기엔 무리가 따를 거야. 다른 하멜의 일족이 너와 같은 위기에 빠졌다면 난 돕지 않았을 거야."

"그럼 무엇 때문입니까."

"하멜의 일족에겐 태어나면서부터 주어지는 고유의 능력이라는 것이 있다. 네 능력은 타임 슬립. 내 능력은 스캔(Scan). 나와 같은 일족이 어디 있는지 파악할 수 있고, 그들의 능력을 알아낼 수 있지. 아르디엔 너처럼 죽어야만 발동되는 능력의 경우는 본인이 죽기 전까지, 그 능력이 무언지 알 수 없지만, 나는 알 수 있다."

"내가 가진 능력이 당신이 날 살려준 이유와 연관이 있다 이겁니까."

"그래."

라하트마가 하늘을 바라봤다.

"저 우주 너머에 몇 명의 신이 살고 있다 생각하지?"

"생각해 본 적 없습니다."

"셀 수 없을 만큼 많은 신이 살아가고 있다."

라하트마는 뜬금없이 신에 대한 이야기를 풀어가려 했다.

아르디엔은 그가 무슨 말을 하려는 건지 의아했지만 잠자코 그저 들었다.

"지금 이그드라엘 대륙에서 대부분의 사람들이 믿는 신은 악테르사지."

악테르사는 이그드라엘 대륙의 주신이다.

아르디엔은 신학에 큰 관심이 없었기에 악테르사 외에 다른 신들에 대해서는 전혀 알지 못했다.

"악테르사 신은 신들 중에서도 제법 권위가 있는 신 중 하나야. 악테르사 신은 지금 이그드라엘 대륙에 사는 인간들을 만들었지. 하지만 하멜의 일족을 만든 건 악테르사 신이 아니다."

"그 말은… 하멜의 일족은 근본적으로 인간과 다르다는 것입니까?"

"그렇게 볼 수도 있겠지. 우리를 만든 신의 이름은 바헬. 세상을 창조한 수많은 신들 중에서도 권능이 많이 약한 신이었지. 사실 이 권능이라는 것이 아주 중요하거든. 권능이 낮은 신이 만들어낸 피조물들은 세상에서 살아남기 힘들지. 보다 권능이 강한 신의 피조물들에게 사냥당하니까."

"이그드라엘 대륙에 사는 모든 생명체들은 그들을 만들어낸 신이 따로 있다는 것입니까?"

"그래. 악테르사 신은 인간을, 바쿠차 신은 오크를, 셀레스테인 신은 엘프를… 그런 식인거지. 결국 그중 강한 권능을 자랑하는 악테르사 신의 자식인 인간들이 대륙을 지배하게 되었고, 그보다 약한 신의 자식들이 자신의 영역을 정해 살아가는 중인 거야. 이 세상은 그런 세상이다. 신의 권능에 따라 주도권이 나누어진."

아르디엔은 몰랐던 얘기였다.

라하트마의 깊은 눈이 하늘에 뜬 별들을 담았다.

그의 눈을 바라보고 있노라면 세상에 모르는 일이 하나도 없는 것만 같았다.

그만큼 맑고 청아했으며, 현기가 가득한 눈이었다.

"아무튼 지금은 나를 제외하면 네가 이 땅에 살아남은 유일한 하멜의 일족이다."

"그래서 날 도운 겁니까? 마지막 혈통을 지켜나가도록 하기 위해서?"

"아니. 어차피 바헬신은 지금 약해질 대로 약해져서 널 살려봤자 후세를 잇기는 어려울 거야. 한데 그건 네가 순수한 하멜의 혈통일 때의 이야기지."

라하트마가 미소 지으며 아르디엔을 바라보았다.

그의 말에 담긴 뜻을 아르디엔은 대번에 이해할 수 있었다.

"혼혈."

"그래. 네 어미는 순수한 하멜의 일족이었다. 하나 네 아비 하이미언 백작은 인간이었지. 즉, 넌 인간과 하멜의 일족 사이에서 태어난 혼혈이다. 두 명의 신, 바헬과 악테르사의 가호를 동시에 받고 있다는 말이지."

그건 확실히 특이한 경우였다.

이그드라엘 대륙에는 인간과 인간이 아닌 서로 다른 종족들이 각자의 영역에서 살아가고 있다.

엘프, 드워프, 요정 그리고 오크와 다수의 몬스터들.

대부분의 생명체들은 자기가 속한 종족끼리의 교배를 통해 후손을 만든다.

한데 간혹 이종족끼리 사랑에 빠져 교배를 하고 혼혈족을 탄생시키기도 한다.

하지만 그것은 가뭄에 콩이 날 만큼 적은 확률로 벌어지는 일이었다.

기본적으로 이종족들끼리는 적대감을 갖고 있는 것이 이그드라엘 대륙의 전체적 분위기다.

드워프와 엘프는 얼굴만 부딪히면 서로의 목을 따려 칼부림을 해댔다.

인간은 드워프, 엘프, 두 종족 모두 좋아하지 않는다.

오크와 몬스터들은 모든 종족들에게 적개심을 품고 있다.

요정은 이제 인간들이 싫어 숨어 지내고 있다.

그나마 엘프와 요정은 서로 적대감 없이 화합할 수 있었지만, 두 종족은 서로 간의 교배가 불가능하다.

요정의 특성상 덩치가 아무리 커봐야 사람 손바닥만 하니 교배 자체가 어불성설인 것이다.

아무튼 그렇다보니 이종족 간의 로맨스는 잘 일어나지 않았다.

한데 하멜 일족인 아르디엔의 어머니는 인간인 하이미언 백작과 사랑에 빠졌다.

그래서 아르디엔이라는 혼혈이 태어났다.

바헬과 악테르사의 가호를 동시에 받은 유일무이한 인간이 탄생한 것이다.

"이제 좀 짐작이 가?"

라하트마가 전보다 진한 미소를 머금었다.

순간 그의 얼굴 가죽이 일렁이더니 매력적인 잔주름이 잡힌 중년인의 얼굴로 바뀌었다.

"이게 원래 내 모습이야. 별로 놀랍진 않지?"

외형을 바꾸는 건 아르디엔도 가능하다.

극의에 들어서게 되면 세포의 성질을 바꿔서 얼마든지 원하는 외형으로 만들 수 있다.

지금 아르디엔의 모습도 그가 라우덴을 탈출할 때 바꾼 외형 그대로였다.

아르디엔이 궁금한 건 왜 라하트마가 자신과 똑같은 모습을 하고 찾아왔느냐는 것이다.

라하트마가 그 속내를 읽고 말했다.

"작은 장난 정도로 생각하면 될 거야. 일전에 아스크를 도와준 적이 있었지. 네 모습을 하고서."

"…그렇군요."

아스크는 아르디엔에게 몸을 의탁하러 올 당시 그에게 데스 더미를 잡아 죽인 적이 없냐 물었었다.

당시에는 그게 무슨 소리인지 이해할 수 없었다.

이제야 아스크가 본 건 자신이 아닌 라하트마였다는 걸 알 수 있었다.

"자, 그럼 본론을 이야기해 볼까? 내가 널 도와준 이유. 넌 악테르사 신의 가호를 받는 유일한 하멜의 일족이다. 그러니 바헬 신의 권능이 약해진다 하더라도 네 자손들은 아무런 영향을 받지 않고 번창할 수 있지. 비록 인간의 피와 섞인 혼혈 아들이 태어나겠지만, 상관없어. 하멜의 피는 강하거든. 다른 피가 들어온다고 일족의 특징이나 능력이 사라지진 않지. 너만 해도 그렇잖아. 해서, 네가 스스로 파낸 용의 반점을 돌려주었고, 그로 인해 타임 슬립의 능력도 발동되게끔 해주었다. 넌 미래를 아는 상태로 되살아나 운명을 개척해 나가며 지금에 이르렀지."

라하트마는 잠시 입을 다물었다.

무언가를 생각하는 듯 초점 없는 시선으로 허공을 응시하던 그가 선문답 같은 질문을 던졌다.

"아르디엔. 네 몸이 너 자신이라고 생각해?"

"…그렇습니다."

"틀렸어. 네 몸은 네 것이지, 너 자신이 아니야. 네 몸은 네가 마음대로 조종할 수 있는 소유물이지."

그럴 듯한 논리였다.

몸이 아르디엔의 것일 순 있어도 아르디엔 자신일 순 없었다.

분명 몸을 조종하는 무언가가 사람에겐 존재하기 때문이다.

"운명도 그와 같은 거다. 네가 태어나지 않았다면 네 운명이라는 것도 있을 수가 없어. 즉, 운명이란 건 네가 없다면 존재치도 않을 기생충 같은 거야. 한데 사람들은 늘 운명을 따라간다고 말하지. 당치도 않는 소리. 어디 기생충 같은 것이 내 인생을 쥐고 흔들려 그래? 이제부터 네 운명에게 말해라, 아르디엔. 내가 앞서 갈 테니 넌 입 닥치고 조용히 따라오라고."

"……!"

아르디엔의 전신에서 전율이 일었다.

여태껏 그런 생각은 한 번도 해본 적이 없었다.

아르디엔은 정해진 운명을 다시 만들어 가는 것이라고 믿어왔다. 그런데 라하트마는 운명 앞에 서서 걸으라 했다.

운명이 나를 따라오게 하라 했다.

그게 맞는 말이었다.

아르디엔이 없인 아르디엔의 운명도 없다.

"좋은 얘기 감사합니다."

아르디엔이 고개를 숙여 고마움을 표하자, 라하트마가 씩 웃었다.

"참 재미있는 인연이라고 생각하지 않아? 너는 나의 존재 도 모르면서 내 자서전을 읽어 극의에 올랐지. 그리고 나는 네가 필요했기에 조용히 도와주었고."

"한 가지 더 궁금한 게 있습니다."

"뭐든 물어봐."

"전생에서 제가 죽음을 목전에 뒀을 때, 우리는 오래전에 만났고 절 항상 지켜봤다고 하셨습니다."

"그랬었지."

"그게 무슨 뜻입니까?"

"말 그대로야."

"하지만 전… 전생의 삶에서 당신을 본 적이 없습니다."

"정말 그럴까?"

말을 하는 라하트마의 얼굴이 갑자기 변했다.

그리고 아르디엔은 경악했다.

매부리코를 가진 사십 대 중반에 까무잡잡한 피부를 가진

남성. 그는 아르디엔이 하이미언 백작의 저택에서 쫓겨난 이후, 라우덴에 들어가기 전까지 돌봐주었던 이였다.

아르디엔이 그의 이름을 읊조렸다.

"마타츠."

마타츠.

그 이름을 어찌 잊겠는가.

다섯 살까지 아르디엔은 마타츠를 거의 아버지처럼 여기고 따랐었다.

그러다 여섯 살이 되던 해 마타츠는 아르디엔을 가르테아 제국의 첩병들을 키우는 고아원 라우덴에 맡겼다.

라하트마는 다시 원래의 얼굴로 돌아왔다.

"이제 기억이 나?"

"…네."

"비단 마타츠뿐만이 아니야. 난 늘 이런저런 모습으로 네 곁에서 널 지켜봤지. 마치 그림자처럼."

"그렇다면… 왜 절 라우덴에 맡긴 겁니까. 제가 당신에게 그만큼 소중한 사람이었다면 계속 키워주셨으면 되는 거 아니었습니까?"

"그래도 되었겠지. 하지만 난 네가 내 품 안에 있을 때보다 세상에 던져졌을 때 더 많은 걸 배우게 될 것이라 믿었다."

"하지만 하필 라우덴 같은 곳에 맡길 필요는……."

"아, 그건."

라하트마가 사뭇 진지한 얼굴로 아르디엔을 바라보았다.

그러더니 고개를 절레절레 저었다.

"나도 그런 곳인 줄 몰랐어. 보내고 나서, 네가 성장하는 걸 은밀히 지켜보다가 이마를 탁! 쳤지. 설마 제국의 첩병을 키우는 기관이었을 줄은 생각도 못했다."

"……."

아르디엔은 얼이 빠지는 기분이었다.

신에 가장 가깝다는 인간이 왜 그런 것도 하나 파악하지 못하고 있었는지.

불만스러운 아르디엔의 표정을 읽은 라하트마가 피식 웃었다.

"내가 아무리 완전체라고 해도 세상일을 전부 알 수는 없어. 완전체와 신은 엄연히 달라. 신이었다면 대륙 돌아가는 일을 모두 파악하고 있었겠지."

"그렇군요."

아르디엔은 의외로 순순히 납득했다.

"아무튼 넌 라우덴을 시작으로 새로운 물결을 타기 시작했고, 그것이 거센 파도가 되어 네 삶을 마무리 지었지. 하지만 네 타임 슬립 능력으로 과거로 돌아와서 새 삶을 살게 됐다. 이제는 지금까지 그래왔던 것처럼 잘 살아주기만 하면 돼. 더 바랄 것이 없어. 물론, 대가 끊이지 않게 하기 위해선 자식도 놓아야겠지. 아로아는 참 괜찮은 여자야. 그렇지?"

"자세히도 알고 계시는 군요."

"잠자리를 훔쳐보지는 않았으니까 걱정 마. 자~ 그럼."

라하트마가 벤치에서 일어났다.

"이제 전할 말은 다 한 것 같으니 슬슬 가볼까."

"어디로 가시려 합니까?"

"내가 왔던 곳으로."

아르디엔은 그 말 속에 담긴 의미를 대번에 눈치챘다.

라하트마는 자신의 죽음을 예견하고 있었다.

"당신은 완전체라고 하지 않았습니까? 이미 생사의 속박에서 자유로워진 게 아닙니까?"

"그래. 자유로워졌지. 그래서 내 의지에 따라 육신을 버리려 하는 거야."

"그래야만 하는 이유라도 있습니까?"

라하트마가 밤하늘을 바라보았다.

"바헬 신의 권능이 거의 다 사라졌어. 애초에 그다지 강인한 신이 아니었지. 바헬 신은 이제 사라질 거야."

"신이… 사라진다구요?"

"신이라고 해서 영원불멸한 건 아니야. 지금도 신계(神界)에선 수많은 신들이 태어났다가 사라지곤 하지. 이그드라엘 대륙에 존재했다가 사라진 몬스터나 이종족들 역시 그들의 신이 사라졌기에 멸망한 것이고."

"그럼……."

"그래. 신이 사라져 버리는 이상 난 육신을 가지고 이 땅에 서는 것이 용납되지 않아. 이제 나도 그들이 사는 곳으로 가 또 다른 인생을 살아야겠지."

"신들의 세상… 신계로 가신다는 겁니까?"

"완전체가 된 생명체는 신계에 들어설 자격이 주어지지. 그리고 그 안에서 신이 되기 위해 노력하는 거야. 열심히 공부한다면 악테르사처럼 막강한 신이 될 테고, 게을리하면 바헬 신처럼 약한 신이 되었다가 곧 사라지겠지."

그 말인 즉, 악테르사보다 더 강한 신이 나타나 새로운 종족을 만들면, 그 종족이 대륙을 지배하게 될 수도 있다는 얘기였다.

"그렇군요. 그래서 지금 날 찾아왔던 겁니까."

"떠나기 전에 네 궁금증은 해결해 줘야 할 테니까. 아, 그리고 한 가지 조언을 해주자면 자신을 완전히 버려야 나와 같은 완전체가 될 수 있을 거야."

라하트마가 천천히 발걸음을 옮겼다.

그의 뒷모습이 아르디엔의 눈에서 멀어져 갔다.

그러다 어느 순간.

"……."

원래 그 자리에 없었던 것처럼 사라져 버렸다.

아르디엔에겐 라하트마와 대면한 그 짧은 시간이 마치 환상처럼 느껴졌다.

＊　　＊　　＊

아르디엔은 자신의 방으로 돌아왔다.

아로아는 여전히 단잠에 빠져 있었다.

아르디엔이 침대에 앉아 그녀의 뺨을 어루만졌다.

그러자 잠든 아로아의 얼굴에 희미한 미소가 맺혔다.

'아로아. 오늘 비로소 나에 대해 알게 되었어. 그리고 내가 짊어져야 할 동족의 무게 역시.'

아르디엔이 아로아가 깨지 않게 조심조심 옆에 누웠다.

그러자 아로아가 버릇처럼 아르디엔을 껴안았다.

아르디엔은 그런 아로아의 이마에 가볍게 입을 맞췄다.

쪽.

"나랑 같이 가줄 거지, 아로아."

아로아에게서 대답은 들려오지 않았다.

하지만 그것으로 좋았다.

굳이 대답을 듣지 않아도 이미 그녀가 그렇게 해줄 것이라는 걸 아르디엔은 알고 있었다.

Chapter 02
파괴신(破壞神) 아스크

아르덴 전기

"하하하하하! 내가 돌아왔다, 게르갈드!"

아스크는 게르갈드의 수도에 입성하며 크게 소리쳤다.

그의 뒤로 흉흉한 기운을 내뿜는 마도국의 병사들이 따르고 있었다.

시긴은 행렬의 맨 앞에서 그새 새로이 차출한 어둠의 사자 50인을 이끌었다.

그리고 시긴 본인은 어둠의 사자 서열 1위가 되었다.

전장에서 죽어버린 어둠의 사자들 대신 완벽하게 물갈이가 된 것이다.

수도는 의외로 조용했다.

아직 수도에 머무는 루틴의 추종자들이 성문을 올리고 공성전을 펼칠 것이라 생각했는데, 아니었다.

문은 활짝 열렸으며, 성벽에서 경계 태세를 취하는 흑마법사도 없었다.

하지만 그것은 함정이었다.

이미 수도의 입구에서부터 반경 1킬로미터까지 거대한 마법 트랩이 설치되어 있었다.

그것은 한때 루틴의 추종자였던 이들이 만들어 놓은 덫이었다.

루틴은 마도국으로 돌아오지 않았다.

대신 전장에서 패하고 도망쳤다는 소식만이 들려왔다.

그에 루틴을 추종하던 이들은 독립적으로 행동해, 마도국의 새로운 왕이 되기로 마음먹었다.

그들은 마법 트랩을 설치한 뒤, 다크 마나의 기운을 감추어 주는 아티팩트를 트랩의 중앙에 묻었다.

트랩에서 발생하는 다크 마나의 기운을 아스크가 감지한다면 절대 트랩에 걸려들 리가 없기 때문이다.

트랩에 시전해 놓은 마법은 6서클급의 마법이었다.

아스크는 8서클이다.

6서클의 마법이 통할 리가 없다. 하지만 그것은 아스크가 미리 방비를 했을 때의 얘기다.

무방비의 상태에서 얻어맞는다면 충분히 치명상을 입힐 수 있었다.

그때 새 왕좌를 노리는 흑마법사들이 아스크를 합동 공격하면 충분히 제압할 것이라는 계산이었다.

다행히도 아스크는 아무런 의심도 없이 마법 트랩 위에 섰고, 그의 군단들도 트랩 위를 밟아나갔다.

완벽하게 걸려들었다.

군중인 척 몸을 숨기고서 그 행렬을 지켜보던 흑마법사들이 마법 트랩을 작동시켰다.

이걸로 아스크는 끝이다.

그렇게 믿었다.

하지만 그것은 오로지 그들만의 믿음이었다.

콰아아아아아아아앙!

엄청난 폭발이 일며 불길이 치솟기 전, 아스크의 입가에 차가운 미소가 맺혔다.

"크아아악!"

"아악!"

갑작스러운 폭발에 행렬을 구경하던 시민들 수백 명이 죽어나갔다.

물론 이 일을 꾸민 흑마법사들은 단 한 명도 다치지 않았다.

"잡았다! 공격 마법을 시전하라!"

아스크를 잡고 새로운 왕가를 세우자며 처음으로 제안했던 노마법사 백케즈가 소리쳤다.

그에 숨어 있던 흑마법사들이 우르르 튀어나와 하늘 높이 치솟는 불길 속으로 온갖 공격마법들을 쏟아부었다.

콰콰쾅!

쿠콰아아아앙!

수도의 성문 근처가 삽시간에 불바다로 변했다.

백케즈 일당은 혼신의 힘을 다해 마나가 전부 고갈될 때까지 마법을 시전했다.

"허억! 허억!"

"하아! 하아!"

백케즈 일당은 당연히 아스크를 잡았다고 생각했다.

그런데…….

"뭔가… 잘못됐어."

하늘 높이 솟구치는 불길 속에서 어마어마한 다크 마나가 느껴졌다.

그와 동시에.

슈슈슈슈슈슉!

수백줄기의 다크 마나가 번개처럼 날아들었다.

푸푸푸푸푹!

"크아악!"

"크억!"

"꺽… 끄흑!"

마치 날카로운 창처럼 쏘아져 나간 다크 마나들은 백케즈 일당의 심장을 정확하게 파고들었다.

그와 동시에 엄청난 광풍이 휘몰아치며 불길이 거짓말처럼 걷혔다.

사라진 불길 너머로는 백케즈 일당이 예상했던 것과 전혀 다른 광경이 펼쳐져 있었다.

아스크는 물론이고 시간과 어둠의 사자 군단을 비롯, 다른 병사들도 단 한 명 다치질 않았다.

마법 트랩이 발동하는 순간, 아스크가 다크 마나를 폭출시켜 모두를 감싸 안은 것이다.

아스크의 다크 마나는 마법 트랩과 백케즈 일당의 공격을 깔끔하게 막아냈다.

그러다 백케즈 일당의 마나가 고갈되었을 때, 그들을 역으로 공격했다.

전신에서 다크 마나를 아지랑이처럼 피워 올린 아스크가 백케즈를 보며 픽 웃었다.

"나이 처먹고 노망이 났나? 새 주인도 몰라보고 이게 무슨 짓거리야?"

"아, 아스크……."

"백케즈. 너… 뒈지고 싶지?"

아스크가 말미에 오른손을 살짝 휘둘렀다.

그러자 백케즈의 머리가 터져 나갔다.

"……!"

"……!"

"……!"

뭘 어떻게 한 건지 알 수 없었다.

다크 마나로 때린 것도 아니고 마법을 시전한 것도 아니었다. 하지만 거기서 끝이 아니었다.

아스크가 연달아 오른손을 가볍게 휘둘렀다.

그러자.

펑! 펑! 펑!

머리가 사라진 백케즈의 시신이 팔, 다리, 몸둥이의 순서로 터져 버렸다.

그 광경을 본 다른 백케즈 일당이 몸을 파르르 떨었다.

이미 백케즈는 죽었고, 뜻을 함께 했던 이들 중 절반은 아스크의 다크 마나에 심장을 찔렸다.

아스크의 군단이 얼마나 많든간에, 아스크만 잡으면 다른 문제는 다 해결될 것이라 믿었다.

그리고 아스크를 완벽히 잡았다고 생각했다.

하지만 아스크는 속여 넘긴다고 제압할 수 있는 상대가 아니었다.

이미 그는 천외천 격인 존재였다.

"왕의 귀환을 맞이하여 화려한 불꽃놀이 보여줘서 고마워. 이제 나도 보답을 해주지."

아스크가 리드미컬하게 앞으로 걸어 나갔다.

그러면서 마치 음악을 지휘하듯 양 손을 마구 휘둘렀다.

순간 일정한 리듬에 맞춰 백케즈 일당의 전신이 하나씩 터져 나갔다.

펑! 펑! 펑! 펑! 펑!

단말마의 비명을 지를 시간조차 없었다.

그것은 마치 살인연주회 같았다.

가죽이 터져 나가는 섬뜩한 소리와 함께 가루가 된 살과 뼈가 핏물에 섞여 바닥에 떨어졌다.

아직 살아남은 백케즈 일당은 얼굴이 하얗게 질려 도망치려 했다.

하지만 아스크에게서 풍겨지는 지독한 살기에 압도되어 움직일 수 없었다.

누군가는 오줌까지 지렸다.

펑! 펑! 펑! 펑! 펑!

백케즈 일당은 계속해서 풍선처럼 터져 나갔다.

대체 자신들이 무엇에 어떻게 당하는 건지도 알 수 없었다.

그것은 사실 다크 마나를 이용한 살수(殺手)였다.

다크 마나를 진공의 상태에 가까워질 정도로 최대한 응축 시켜 한순간 터뜨리며 상대방에게 쏘아보낸 것이다.

한데 응축된 다크 마나가 터지며 쏘아져 나가는 시간이 워낙 전광석화다 보니, 눈에 보이지 않는 것뿐이었다.

펑! 펑! 펑! 펑! 펑!

쉼 없이 백케즈 일당의 육신이 폭발했다.

멀찍이 서서 이를 지켜보던 시민들은 경악에 가득 찼다.

그들은 한 번도 이런 일방적이고 무시무시한 살육을 본 적이 없었다.

아스크는 수백의 마법사들이 퍼붓는 어마어마한 포화 속에서 상처 하나 없이 살아남았다.

자신의 수하들까지 지켜냈다.

그리고 감히 주인의 목을 물어뜯으려 했던 개들에게 철퇴를 휘둘렀다.

그것은 그야말로 게르갈드에 유례없던 절대지존의 모습이었다.

백케즈 일당은 단 한 명도 도망치지 못하고 모두 다진 고깃덩이가 되어 죽음을 맞았다.

아스크는 피비린내가 진동하는 아수라장의 한 가운데 서서 광기 어린 미소를 베어 물었다.

그의 시선이 닿는 곳마다 시민들은 얼음처럼 굳어버렸다.

아스크가 킥! 하고 웃었다.

그러더니 광소를 터뜨렸다.

"키키킥! 키키키킥! 크큭! 큭! 크하하하하하하하하하! 아하하하하하하하하!"

그의 웃음소리가 천지를 쩌렁쩌렁 떨어 울렸다.

한참 동안 웃어젖히던 그가 갑자기 입을 딱 다물었다.

그리고 서늘한 안광을 뿌리며 나직이 말했다.

"경배하라. 너희들의 주인이 돌아왔다."

순간.

터터터터터틱!

그 자리에 있던 모든 시민들이 일제히 무릎 꿇고 고개를 조아렸다.

감히 거역할 수 없는 절대적 카리스마 앞에 그들은 본능적으로 명을 따랐다.

'이거야.'

아스크는 전율을 느꼈다. 머리끝부터 발끝까지 모든 세포가 공명하며 파르르 떨려왔다.

마도국이 비로소 아스크의 손에 들어왔다.

＊　　　＊　　　＊

아스크의 귀환 소식은 게르갈드 전역에 빠르게 퍼졌다.

게다가 그가 수도에서 벌인 무시무시한 살육 역시 모든 국민의 귀에 들어갔다.

두 눈으로 그 광경을 똑똑히 목격한 시민들은 마치 지옥에서 올라온 파괴신을 보는 것 같다고 말했다.

아스크의 손이 향하는 곳에 있던 사람들은 모두 파괴되었다.

그랬다. 정말 말 그대로 파괴되어 버린 것이다.

그 이후부터 게르갈드의 사람들은 어느새 아스크를 파괴신이라고 부르기 시작했다.

은연중에 퍼진 그 칭호는 당연히 아스크의 귀에도 들어왔다.

왕좌에 앉아 관료대신들과 정사를 보던 와중 그 소식을 전해들은 아스크가 크게 웃었다.

"아하하하하하하! 파괴신? 그거 아주 좋은데? 마음에 들어. 파괴신 아스크. 국왕 아스크보다 더 낫잖아? 다들 그렇지?"

아스크의 물음에 관료대신들은 어색하게 따라 웃으며 고개를 끄덕였다.

관료대신들에겐 아스크와 함께하는 이 자리에 살얼음판을 걷는 것 같았다.

아스크는 왕자일 때도 개차반으로 유명했다.

그의 심기를 잘못 건드렸다가 무사한 사람이 한 명도 없었다. 한데 지금은 국왕이 되었다.

천상천하 유아독존.

누가 그를 제지할 수 있겠는가?

수틀리면 목이 날아간다.

다들 머릿속엔 그 생각뿐이었다.

하여, 하나같이 아스크의 눈치만 살피느라 정신이 없었다.

그런 반응은 아스크가 익히 바래왔던 것이다.

아스크는 일 년 안에 게르갈드를 뿌리부터 바꿔놓아야 한다.

그래서 대륙공적의 오명을 씻어야 한다.

그것은 아르디엔의 경고가 무서웠기 때문이 아니다.

아르디엔과의 약속을 지키고 싶었기 때문이다.

절대 그는 빚지고 못사는 성격이다.

아르디엔은 그를 국왕의 자리에 올려주었다.

그 큰 빚을 갚지 못하면 매일 밤 잠자리가 불편할 것 같았다.

아스크는 관료대신들을 살피며 속으로 생각했다.

'어디서부터 손을 대면 좋을까.'

마도국의 이미지를 개선하기 위해서는 큰 사건이 필요하다.

전 대륙에 퍼질 만큼 아주 큰 사건 말이다.

그러기 위해선 모두에게 도움이 되는 일을 해야 한다.

하지만 마도국이 남는 자원을 기아로 힘들어하는 소국에게 나누어 베푼다든가 하는 방법은 안 된다.

그럴 만한 여유도 없고, 아스크의 방식도 아니었다.

잠시 고민하던 아스크의 입가에 미소가 맺혔다.

'우리보다 더 나쁜 놈들을 때려잡으면 되는 거지.'

하지만 지금 시기에 마도국보다 더 이미지가 좋지 않은 국가는 없었다.

'없다면 만들고.'

대륙 곳곳에는 악인이 얼마든지 존재한다.

그들을 충돌질 해 봉기시킨 다음 온갖 악행을 저지르게 한 뒤, 없애 버리면 그만이다.

아르디엔이 들었으면 당장 불호령이 떨어질 만한 계획이었다. 그러나 아스크에겐 그게 최선이었다.

어쨌든 악인들을 한데 모아 모조리 죽여 버린다는 것에 의의를 뒀다.

그들에게 피해를 입는 사람들은 대를 위한 소의 희생 정도로만 치부했다.

"시긴."

아스크의 부름에 뒤에 서 있던 시긴이 가까이 다가왔다.

"네, 전하."

"오늘 회의는 이것으로 마치자고. 날 따라와. 재미있는 생각이 떠올랐어."

"알겠습니다."

아스크가 일어나 시긴과 함께 어전을 나섰다.

그제야 관료대신들은 한숨을 돌릴 수 있었다.

*　　　*　　　*

어둠이 내린 숲 속. 타닥타닥 소리를 내며 타들어가는 모닥불 주위로 다섯 사람이 모여 앉아 있었다.

여자 한 명의 남자 넷의 조합이었다.

그들은 다름 아닌 오리진들이었다.

게르갈드에서 도망친 이후, 그들은 거의 야생의 생활을 해왔다.

하지만 잠자리가 조금 불편하다는 것 외엔 살아가는데 아무런 지장이 없었다.

신의 권능이 깃든 그들에겐 한겨울의 칼바람도 전혀 영향을 주지 못했다.

세상의 모든 고통들을 그들은 거부할 수 있었다.

"어제 잠시 근처 마을에 들렀다가 재미있는 소식을 들었어."

오리진들의 리더 격인 뮤테아가 입을 열었다.

그러자 나머지 네 명의 남자 하우랑, 로잔, 마샨, 도이라가 뮤테아에게 시선을 돌렸다.

"뭔데? 뭐야? 빨리 말해봐."

오리진 일행 중 유독 산만한 마샨이 그 짧은 순간을 참지 못하고서 재촉했다.

"얌전히 있으면 알아서 말해주실 거예요."

도이라가 그런 마샨에게 핀잔을 주었다.

뮤테아가 다시 말을 이었다.

"게르갈드가 그라함 왕국에게 패했대."

"……!"

"……!"

"……!"

순간 정적이 찾아왔다.

또다시 다섯 사람 사이엔 타닥거리며 모닥불 타는 소리만 들려왔다. 답답함을 참지 못하는 마샨이 결국 입을 열었다.

"어느 정도는 예상했던 일이잖아? 이렇게까지 충격 받을 필요 있어?"

그러자 하우랑이 고개를 저었다.

"충격이라기보다는 그냥 좀 놀라서."

"놀라다니?"

"게르갈드와 그라함이 격돌한 게 한 달 전쯤이야. 조금 더

됐나? 아무튼. 그런데 벌써 그라함 왕국의 승전보가 들려올 정도라면, 금방 전쟁이 끝났다는 얘기잖아."

"아……."

그제야 마샨도 놀라 고개를 주억거렸다.

그라함 왕국이 게르갈드를 눌러 버린 건 크게 문제가 되지 않는다. 하지만 그 기간이 너무 짧았다.

압도적으로 짓눌러버리지 않는 한, 이런 결과는 나올 수가 없었다. 게다가 그라함 왕국에는 그들을 적대시하는 인물 아르디엔이 있다.

어떤식으로든 앞날에 방해가 될 인물이었다.

"우리는 앞으로 십 년. 그 기간 동안 세상에 존재하지 않는 것처럼 조용히 숨어 지내야 돼."

뮤테아의 말이었다.

로잔이 동의했다.

"그래. 십 년이 지나고 듀란달의 봉인이 풀리면 누구도 우리의 계획을 막을 수 없어."

"하아~ 근데 십 년 동안 이렇게 지내야 한다는 건 좀 심심하다."

마샨이 입맛을 다셨다.

"대업을 위한 일이니……."

도이라가 또다시 마샨을 질책하려 하자, 마샨이 얼른 손사래 쳤다.

"알았어, 알았다고. 그놈의 잔소리. 잠이나 자야지."

마샨은 그대로 벌렁 드러누웠다.

"그래, 자자고. 깨어 있어봤자 더 할 것도 없는데."

하우랑과 로잔도 따라서 드러누웠다.

도이라는 몸을 누이지 않는 뮤테아에게 물었다.

"안 주무시나요?"

"먼저 자."

"그러죠."

도이라까지 눕자, 바로 마샨의 코고는 소리가 들려왔다.

"드르렁~! 드르렁~!'

머리만 대면 자는 사람이 있다더니 마샨이 딱 그 짝이었다.

"오늘도 푹 자기는 글렀네."

하우랑이 투덜댔다.

뮤테아는 마샨이 코골이를 하든 말든 하늘만 바라봤다.

헐벗은 나뭇가지 사이로 유난히 별이 밝게 빛났다.

*　　　*　　　*

그 일은 갑자기 일어났다.

전 대륙에 퍼져 있던 악인들이 약소국 다이나렌을 향해 모여들기 시작했다.

그들은 다이나렌의 국왕을 죽이고 국민들을 노예로 삼거나 쫓아냈다.

그리고 다이나렌의 이름을 다크웬(Dark Wen)으로 바꿨다.

다크웬의 우두머리에 앉은 자는 암흑세계에서 제법 이름을 떨치던 외팔이 '텅'이었다.

텅은 싸움에는 소질이 없었다.

하지만 그에게는 머리가 있었다.

텅을 따르는 이들은 온갖 악행을 저지르면서도 절대 경비대에게 잡히는 일이 없었다.

텅은 치밀하게 범죄 계획을 짜서 자신의 동료들이 피해를 입지 않게 했다.

처음에는 뒷골목 시정잡배 무리에 불과했던 텅이다.

그런데 그는 동료들 사이에서 리더가 되었다.

시간이 흐를수록 텅의 명성은 뒷세계에서 커져갔다.

그러다 나중에는 텅을 중심으로 숱한 사람들이 몰려들게 되었다.

그에 텅은 다크웬이라는 집단을 만들어 확실한 조직을 구축했고, 그만큼 범죄의 사이즈도 달라졌다.

다크웬은 털지 못하는 물건이 없다고 정평이 날 정도로 대단한 조직이 되었다.

오죽하면 대부호들 사이에선 다크웬이 담을 기웃거리면 당장 재물을 숨기라는 말이 있을 정도겠는가?

어찌 되었든 다크웬은 조직의 보스인 텅으로 인해 빠르게 세를 불리더니 도둑 길드로까지 발전했다.

다크웬은 순식간에 도둑 길드 넘버 1의 자리를 차지하게 되었다. 그런데 텅은 거기서 만족할 생각이 없었다.

처음에는 도둑질만 하던 다크웬이었지만 나중엔 마약을 유통하며 인신매매까지도 시작했다.

물론 텅은 자신의 조직원들이 절대 불이익을 당하지 않도록 완벽한 안배를 해놓았다.

때문에 다크웬에 속한 이들은 뒤탈이 일 걱정 없이 불법적인 일에 손을 댔다.

인신매매와 마약, 그리고 도둑질로 어마어마한 돈을 벌면서 도박장과 사창가 사업까지 발을 들여 놓았다.

그 이후로도 다크웬은 손대는 일마다 승승장구했다.

결국 텅은 다크엠페러라는 칭호를 얻게 되었다.

왜소한 체구에 무력은 형편없고 어렸을 때의 사고로 한쪽 팔까지 잃은 그가 당당히 밤의 황제로 군림하게 된 것이다.

텅은 단 한 번의 실패도 없이 승승장구했다.

이제는 단순히 밤의 지배자가 아닌 자신의 왕국을 세워보고 싶다는 생각까지 들었다.

그때 시긴이 키메라 군단을 이끌고 그의 앞에 나타났다.

시긴은 텅에게 자신을 마도국의 패잔병이라 밝혔다.

그라함 왕국과의 전쟁에서 패배한 후, 아스크가 루틴을 밀어내고 새 국왕이 되면서, 루틴의 측에 서 있던 자신의 목숨까지 위험해져 키메라 군단을 데리고 도망쳤다 얘기했다.

그리고는 텅에게 같이 손을 잡을 것을 제안했다.

그가 대동하고 간 키메라의 수는 무려 오천에 달했다.

그 키메라들은 그라함 왕국과의 전쟁에 나설 당시, 만약의 사태에 대비해 수도에 배치해 놓은 놈들이었다.

시긴은 텅에게 키메라의 능력을 보여주었다.

서로 다른 몬스터들의 유전인자가 섞여 탄생한 키메라들은 한 마리 한 마리가 놀라운 전투력을 자랑했다.

텅은 시긴의 제안을 큰 고민 없이 받아들였다. 그는 단 한 번의 실패도 없이 지금껏 성장해 온 사람이었다.

이번 역시 실패란 존재치 않을 거라는 절대적 자신감이 가득했다.

시긴의 키메라 군단과 손을 잡은 텅은 다크웬을 움직여 다이나렌 왕국을 집어삼켰다.

그리고 스스로 왕좌에 앉은 뒤, 다이나렌 왕국의 이름을 다크웬으로 명명했다.

그렇게 하여, 대륙엔 암흑국가 다크웬이 설립되었다.

그 소문은 이그드라엘 대륙 전역으로 빠르게 퍼져 나갔다.

모든 국가들이 다크웬의 향방에 촉각을 곤두세웠다.

다크웬이 더욱 큰 힘을 얻기 전에 대륙 공적으로 선포해 싹을 잘라버려야 한다는 의견이 여러 국가에서 튀어나왔다.

하지만 그런 식으로 떠들어대기만 해선 아무런 해결이 되지 않았다.

제국이 대륙회담을 열어 강대국들의 수뇌부들을 규합해 회의절차를 밟지 않는 한은 공식적으로 다크웬을 대륙공적으로 만들 수 없었다.

결국 제국은 대륙회담을 선포했다.

한데 이 대륙회담이라는 것이 열리려면 적어도 삼사 개월의 여유기간이 필요하다.

강대국의 수뇌부가 한 자리에 모이기란 그만큼 어려운 일이었다.

문제는 삼사 개월은커녕 다크웬이 탄생한지 보름이 지나지도 않았는데, 전 대륙의 악인이 가득 몰려들고 있다는 것이다.

그 기세라면 삼사 개월 후 다크웬은 주변의 약소국들 서넛은 더 잡아먹고 덩치를 훨씬 불릴 것이 뻔했다.

시신은 돌아가는 정황을 살피며 속으로 미소 지었다.

모든 것은 아스크의 뜻대로 흘러가고 있었다.

Chapter 03
결혼식장의 불청객

아르덴 전기

대륙력 371년 12월 중순.

아르디엔은 드디어 파보츠로 돌아왔다.

마지막까지 왕성에 남아 있던 아로아와 마렉, 마리엘도 함께였다.

사실은 좀 더 일찍 돌아오고 싶었지만, 아르디엔을 보고 싶어 찾아오는 귀족들이 많아 한 달가량 왕성에 머물러 버린 것이다.

물론 파보츠로 돌아올 땐, 마차를 이용하지 않았다.

마리엘의 공간이동 능력으로 단숨에 귀환할 수 있었다.

하멜 공작의 귀환 소식에 파보츠는 뜨거운 열기로 가득했다.

사람들은 밤마다 술집에 모여 하멜 공작의 무용담을 주고받느라 바빴다.

이야기라는 게 다 그렇듯이 사람의 입에서 입으로 전해지면 그 덩치가 삽시간에 불어나기 마련이다.

아르디엔의 무용담 역시 어마어마하게 불려져서 고함 한 번으로 드래곤을 제압해 자시의 수하로 만들었고, 손가락 한 번 까딱함으로써 마도국의 병사들을 모조리 쓸어버렸다는 식으로 변해버렸다.

물론 그런 이야기를 하는 사람도, 듣는 사람도 그게 진짜일거라는 생각은 하지 않았다.

그러나 아무렴 어떤가.

전쟁에 승리했고, 그라함 왕국은 무사할 수 있었다.

그 덕분에 지금 파보츠의 시민들도 웃고 떠들 수 있는 것이다.

*　　　*　　　*

하멜 백작가는 오래간만에 시끌벅적했다.

아르디엔의 귀환으로 인해 또 한 번 파티가 벌어진 것이다.

이번 자리에는 이르베스에서 머무는 주요인물들도 모두 참석했다.

이미 아르디엔은 파티라면 왕성에서 지긋지긋하게 겪었다.

그러나 편한 자리에서 편한 사람들과 함께하는 파티는 정말이지 좋았다.

가식을 떨 필요도 형식적인 인사를 나눌 필요도, 튀어나오는 말을 조심할 필요도 없었다.

술이 몇 순배 돌고, 살짝 기분이 좋아진 마렉이 갑자기 자리에서 벌떡 일어났다.

그리고 손뼉을 쳐 주위를 자신에게 집중시켰다.

"나 용병왕 마렉! 지금 이 자리에서 선포한다!"

마렉이 자신의 옆에 앉아 있던 그녀의 연인 밀레나를 일으켜 세웠다. 그러더니 그녀의 허리를 굵고 긴 팔로 와락 휘감았다.

"이번 달 말! 31일에, 밀레나와 결혼하겠어!"

마렉의 말에 사방에서 환호성이 터져 나왔다.

"와아~ 정말요? 정말요? 그럼 그때도 맛있는 거 많이 먹을 수 있는 거네요? 에헤헤헤헤."

레나의 말이었다.

"결혼식이니까 오늘보다 더 맛있는 음식이 많을 거야."

케이아스가 고개를 끄덕이며 수긍했다.

사람들은 그런 둘을 보며 참 잘 만났다고 생각했다.

결혼 선언에 맛있는 음식에 핀트가 맞춰지다니.

레나와 케이아스의 주책에 분위기가 이상해지려 하자 얼른 아로아가 나섰다.

"듣던 중 정말 반가운 얘기네요. 축하해요, 마렉, 밀레나."

"고마워요, 아로아."

밀레나가 빙그레 미소 지었다.

그녀의 얼굴엔 행복이 가득 담겨 있었다.

"이야~ 용병왕 마렉님께서 피앙세 밀레나님과 결혼을 하시는데 제가 가만히 있을 수 없습지요~! 하멜 공작가문의 믿음직한 상인 베나엘이 그럴싸한 선물을 준비하겠습니다요~ 헤헤!"

베나엘의 말에 마렉은 입이 귀에 걸릴 지경이었다.

"그거 아주 좋은 자세야! 하하하하하하!"

마렉이 크게 웃어젖혔다.

디스토가 그런 마렉을 보며 담담하게 한마디 내뱉었다.

"누가 보면 세상에서 제 혼자만 결혼하는 줄 알겠네."

"뭐 인마! 이 경사스러운 날 해보자는 거냐!"

마렉이 발끈해서 목에 핏대를 세웠다.

그런 마렉의 팔을 꽉 끌어안으며 밀레나가 고개를 저었다.

그러자 마렉이 금세 무안한 표정을 지으며 사과했다.

"미안, 밀레나. 화 안낼게."

그 광경에 홀에 있던 모든 이들의 눈이 휘둥그레졌다.

"이야~ 천하의 마렉도 사랑하는 사람에겐 어쩔 수 없군요~ 그쵸, 라미안?"

알버트가 히죽히죽 웃으며 말했다.

라미안이 고개를 끄덕였다.

"정말 보기 좋네요."

밀레나가 그런 알버트, 라미안 커플에게 감사의 눈인사와 함께 한마디 건넸다.

"두 분도 못지않게 보기 좋아요."

그 말에 디스토가 불편한 얼굴이 되었다.

디스토는 알게 모르게 라미안을 맘에 두고 있었기 때문이다.

결국 디스토는 불편한 마음을 술로 달래고 말았다.

그런 디스토의 심정을 눈치챈 건 아르디엔과 아로아뿐이었다.

하지만 디스토가 스스로 자신의 마음을 드러내지 않았으니 어떠한 위로도 해줄 수 없었다.

그저 씁쓸한 미소만 띄우는 게 고작이었다.

디스토의 심경은 뒤로 하고 다시 마렉의 이야기가 이어졌다.

"분명히 얘기하지만 내 결혼식엔 무조건 참석해야 된다! 단 한 명도 빠져선 안 된다 이 말이야! 만약 그랬다간 크림슨에 맞으면 얼마나 아픈지 똑똑히 알려주겠어!"

살짝 무서운 결혼선언이었지만, 사람들은 마렉이 정말 그러지 않을 거라는 걸 잘 알고 있었기에, 환호성으로 대답을 대신했다.

한데 그때, 크라임와 마리엘이 자리에서 벌떡 일어났다.

"결혼? 우리보다 먼저 하겠다고? 말도 안 되는 소리."

크라임이 마치 생사대적을 앞둔 사람처럼 분노에 차 말했다.

"우리가 그쪽 커플들 보다 먼저 연애했거든? 그러니 결혼도 먼저 해야겠어."

마리엘도 크라임과 비슷한 분위기를 뿜어내며 소리쳤다.

그에 파티에 참석한 사람들이 일시에 꿀먹은 벙어리가 되었다.

마렉이 눈을 희번득거렸다.

"그게 무슨 개똥같은 소리들이야!"

"밀레나에겐 미안하지만, 마렉 네가 우리보다 먼저 축하받는 건 인정할 수 없어."

"당연한 얘기야, 크라임."

크라임과 마리엘은 이상한 부분에서 전의를 불태웠다.

"그래서 어쩌자는 건데?"

마렉이 따지듯 물었다.

"우리가 하루 먼저 결혼하겠어."

"12월 30일!"

"뭐라고?! 한 번 해보자는 거냐!"

마렉의 두 손이 크림슨의 손잡이에 얹혀졌다.

"얼마든지."

마리엘이 채찍을 잡았다.

밀레나가 난처해하며 말했다.

"저기… 누가 먼저 결혼하든 딱히 상관없지 않나요?"

마리엘이 콧방귀를 꼈다.

"아니, 상관있는데? 나랑 크라임은 그 전부터 결혼하고 싶었다고. 그런데 상황이 여의치 않아 계속 미뤄 왔던 거야. 이제 전쟁도 끝나고 여러 가지 면에서 하멜 공작가도 안정이 됐으니 결혼을 서두르려고 했어. 그런데 그쪽 커플이 먼저 결혼하겠다니? 용납 못해."

"맞는 말이야."

밀레나의 이마에 식은땀이 맺혔다.

"이것들이 진짜!"

결국 마렉이 크림슨을 꺼내들었다.

스르릉!

마리엘도 허리에 감은 채찍을 풀었다.

휘릭!

흥겹던 파티의 분위기가 무겁게 가라앉았다.

당장에라도 칼부림이 일 것 같은 일촉즉발의 상황!

그때 아르디엔이 자리에서 일어섰다.

조금 전까지 살기를 풀풀 풍기던 마렉과 크라임, 마리엘이 대번에 아르디엔의 눈치를 살폈다.

"셋 다 그만해."

"……."

"……."

"……."

아르디엔은 그들에게 절대적인 존재였다.

마렉과 크라임은 물론이고 늘 아르디엔에게 틱틱대기 바빴던 마리엘 역시, 전장에서 목숨 빚을 지고는 고분고분해졌다.

아르디엔이 그들 세 사람 사이로 가서 섰다.

단지 몇 걸음 걸었을 뿐인데도 세 사람은 숨이 턱턱 막히는 듯했다.

아르디엔의 시선이 마렉, 크라임, 마리엘을 천천히 훑었다.

그리고 그가 말했다.

"두 커플은 12월 31일. 합동결혼식을 올린다."

"공작 나으리!"

마렉이 미간을 찌푸리며 소리쳤다.

"거부는 있을 수 없어. 12월의 마지막 날. 부부의 연을 맺는 두 커플을 위해 성대한 식을 열어주겠다. 모든 준비는 내가 하도록 하지. 너희들은 그냥 몸만 오면 돼. 아울러, 두 커플에게 따로 살 저택도 마련해 주겠다."

그 말에 조금 전까지 으르렁 거리던 세 사람은 언제 그랬냐는 듯 표정이 밝아졌다.

"정말⋯ 저택을 마련해 주는 거예요?"

마리엘이 침을 꼴깍꼴깍 삼키며 물었다.

"내가 허튼소리를 하던가?"

"아니오! 절대 안하시죠. 그리고 허튼 소리여선 안 돼요! 우리 두 사람이 함께할 수 있는 보금자리라니! 신혼집이라니! 하멜 공작님은 통이 크니까 으리으리한 저택을 선물해 주실 거잖아요? 그쵸?"

마리엘이 신이 난 어린아이처럼 좋아했다.

크라임과 마렉도 입이 귀에 걸릴 듯 올라갔다.

"다들 불만 없지?"

"불만이 있을 리가요! 생각해 보니까 합동결혼식을 올리는 것도 나쁘지 않을 것 같수! 너는 어떠냐, 크라임!"

"화냈던 것 사과하지."

"크하하하하! 화끈하구만! 그래야, 사내새끼지!"

마렉이 꺼내들었던 크림슨을 검집에 다시 넣었다.

마리엘도 채찍을 허리에 감았다.

"이렇게 좋은 날 괜한 소란 피워서 미안하우, 공작 나오리! 자~ 다시 붓고 마시고 신나게 놀자고!"

그제야 다시 분위기가 편안해졌다.

한바탕 소란이 일 뻔했던 자리는 아르디엔이 관여함으로써 깔끔하게 정리되었다.

"두 커플이 합동결혼식을 하면 그날 차려지는 음식도 두 배가 되겠네요!"

또다시 뜬금없는 얘길 하는 레나였다.

"당연하지!"

케이아스가 히죽거리며 맞장구쳤다.

"와아~ 레나 정말 행복해요~!"

"그래? 그럼 한 커플 더 결혼시켜 버릴까?"

"그럼 음식도 세 배가 되는 거죠?"

"물론!"

"와아~! 레나 행복해서 기절하면 어쩌죠?"

케이아스와 레아를 보며 사람들을 실소했다.

하지만 그들의 단순함과 유쾌함이 싫지 않았다.

여기저기서 동시다발적으로 웃음이 터져 나왔다.

이어, 다들 결혼식을 올리게 될 두 커플을 축복해 주었다.

따스한 분위기로 이어진 파티는 새벽이 되어서도 끝날 줄을 몰랐다.

*   *   *

다음 날부터 하멜 공작가는 바빠졌다.

연말에 있을 합동결혼식을 준비하기 위해서였다.

아르디엔은 그들의 결혼식을 위해서 정원 전체를 내어줄 생각이었다.

자신의 가장 소중한 사람들이 일생에 한 번뿐일지 모를 식을 올리는데, 그 누구보다 성대하게 해주고 싶었다.

물론 주변의 지인들에게 전부 연락을 돌리기로 했다.

하지만 일반적인 방법으로 청첩장을 전하면 결혼식이 열릴 때에나 그 소식을 접하게 될 것이다.

해서, 이 부분은 마리엘이 손수 나서 일을 거들었다.

그녀는 공간이동 능력으로 각 지역에 퍼져 있는 아르디엔의 지인들 중, 제법 영향력 있는 귀족들을 찾아가 청첩장을 건넸다.

삼대성군도 물론 마리엘에게 직접 청첩장을 받았다.

청첩장을 받은 귀족들은 당장 아르디엔과 친분이 있는 귀족들에게 이 소식을 알리고 모두 파보츠로 향했다.

그렇게 두 커플의 결혼 준비는 빠르게 이루어지고 있었다.

*   *   *

게르갈드에서는 여전히 키메라를 만들어내는 중이었다.

이제 버닝 소울 키메라는 만들 수 없었다.

사령술사 자메인이 죽어버렸기 때문이다.

하지만 일반적인 키메라는 얼마든지 제작할 수 있었다.

키메라 연구의 1인자인 위스덤 메이지 로스턴이 살아 있었기 때문이다.

그는 그라함 왕국과의 전쟁에 참여 하지 않았다.

로스턴은 학자의 성향이었지 장군의 성향은 아니었다.

게다가 정치색이 밝지도 않았다.

그의 모든 신경은 키메라 연구에만 집중되어 있었다.

해서 자신이 마음껏 연구할 수 있는 공간을 마련해 준다면, 섬기는 주군이 몇 번을 바뀌어도 상관없었다.

그런 그의 성향이 스스로의 목숨을 구했다.

루틴은 왕좌에 앉은 뒤에도 아직 성에, 혹은 다른 지역에 남아 있는 루틴파를 찾아 모조리 목을 벴다.

하지만 로스턴은 살려두었다.

그에게는 지금까지처럼 열심히 키메라 연구에 전념하라 이를 뿐이었다.

로스턴의 키메라 연구는 요즘 정점을 향해 달려가고 있었다.

숱한 몬스터끼리의 교배를 통해 지금껏 유례없었던 최강의 키메라가 탄생하려는 순간이었다.

지하연구실 중앙엔 거대한 유리관이 놓여 있었다.

초록색 배양액이 가득 찬 유리관안엔 주먹만 한 생명체가 꿈틀거렸다.

로스턴은 그 생명체를 보며 흐뭇한 미소를 머금었다.

"드디어 성공했구나. 넌 최강의 키메라다, 인피니트 (Infinite)."

인피니트.

그것이 키메라의 이름이었다.

인피니트는 일정한 형태가 없는 부정형의 몬스터로, 생김새 자체는 슬라임과 많이 닮아 있었다.

하지만 하급 몬스터로 분류되는 슬라임과는 비교도 안될 만큼 강인한 키메라였다.

인피니트는 그 이름처럼 무한한 가능성을 지닌 키메라다.

당장 눈에 보이는 것은 주먹만 한 젤리의 형태지만, 그보다 수십, 수백 배 더 커지기도 하며, 육신의 성질을 어떠한 것으로도 바꿀 수 있었다.

이제 인피니트가 로스턴의 명령에 절대복종하는지만 검증되면 실험은 끝이 난다.

"인피니트, 눈을 떠라."

로스턴의 명령에 인피니트의 몸이 거대한 눈동자로 변했다.

그 모습이 마치 비행 몬스터 비홀더와 비슷했다.

로스턴의 흐뭇한 미소가 더욱 짙어졌다.

"너는 내가 만든 최고의 자식이다."

인피니트엔 대륙에 존재하는 모든 몬스터의 유전인자가 전부 들어 있다.

때문에 평소에는 부정형의 작은 몸을 하고 있다가 전투에 돌입하면 어떤 몬스터로든 전부 변형이 가능했다.

하지만 단순히 그 몬스터와 똑같은 형태가 되는 것으로 끝이 아니었다.

기존의 몬스터에 비해 더욱 큰 덩치가 될 수도 있고, 피부를 강철처럼 단단하게 만들 수도 있었다.

무엇보다 인피니트의 가장 무서운 점은, 싸우는 상대의 유전자를 흡수할 수 있다는 것이었다.

유전자를 흡수하면 인피니트는 그 상대와 똑같은 모습이 되어버린다. 뿐만 아니라 그 상대의 힘까지도 발휘할 수 있게 된다.

그야말로 세상에 둘도 없을 무서운 키메라였다.

"인피니트, 앞으로 넌 내게 복종해야 한다. 알겠느냐?"

비홀더의 모습이 된 인피니트는 그 큰 눈을 꿈뻑꿈뻑거릴 뿐, 별 다른 반응이 없었다.

"인피니트?"

그때, 인피니트의 눈에서 광선이 쏘아졌다.

채채챙!

"으억!"

로스턴이 놀라서 옆으로 몸을 피했다.

유리관이 깨지며 초록색 배양액이 콸콸 쏟아졌다.

그런데 깨진 관 안에 인피니트의 모습은 보이지 않았다.

아루턴이 얼른 관으로 다가가 안을 살폈다.

놀랍게도 관의 바닥과 실험실의 바닥이 뻥 뚫려 있었다.

인피니트는 광선을 유리관에다 한 방, 바닥에다 한 방씩 쏴 버린 것이다.

깊은 구덩이 속에 인피니트의 모습은 찾아볼 수가 없었다.

이미 땅을 파는데 적격인 몬스터의 모습으로 변해 멀리 도망갔을 가능성이 농후했다.

"이런……! 막아야 돼!"

인피니트는 실패작이다.

아무리 괴물 같은 키메라를 만들어냈다 하더라도 창조자

의 말에 복종하지 않으면 무용지물이다.

인피니트는 로스턴의 말을 듣지 않고 도망쳤다.

그렇다면 일이 커지기 전에 잡아 죽여야 한다.

한데, 땅 속으로 도망친 놈을 어찌 잡는단 말인가?

게다가 이런 큰 실수를 한 걸 알게 되면 로스턴의 연구 생활도 끝나게 될지 모른다.

아직도 게르갈드에선 피바람이 불고 있다.

아스크가 자신을 따르지 않는 이들을 숙청하고 있기 때문이다.

아스크의 심사가 아직은 편하지 않을 게 분명했다.

한데, 오늘의 사건이 귀에 들어가면…….

"안 돼. 여기서 끝낼 순 없어!"

로스턴은 죽는 건 두렵지 않았다.

자신의 숨이 끊김으로 인해 키메라 연구를 더 못하게 되는 것이 두려웠다.

결국 로스턴은 이 일을 덮기로 했다.

어차피 그의 연구실에는 아스크를 제외한 누구의 출입도 금지되어 있다.

인피니트를 만든다는 걸 아는 사람도, 완성된 인피니트가 도망가는 걸 본 사람도 없었다.

제멋대로 연구실 바닥을 뚫고 나가버린 인피니트는…….

"어떻게든 되겠지."

로스턴은 마법으로 유리관을 치우고 실험실 내부를 정리해 나갔다.

*　　　　*　　　　*

드디어 결혼식 당일!

하멜 공작가의 정원은 전국에 몰려든 하객들로 인산인해를 이루었다.

오늘만큼은 귀족, 평민 할 것 없이 하멜 공작가와 친분이 있다면 가벼운 예의만 지키고 함께 두 커플의 혼례를 축하하기로 했다.

아직 오늘의 주인공들을 나타나지 않았다.

하객들은 정원에 차려진 수십 가지의 음식과 와인을 즐기며 시간을 보냈다.

아르디엔이 특별히 고용한 유명한 악사들이 쉼 없이 아름다운 선율의 음악을 연주하고 있었다.

12월의 마지막 날인데도 유난히 햇살이 따스했다.

바람도 불지 않아 겨울치고는 그다지 춥지 않은 날이라고 부를 만했다.

마치 날씨마저도 오늘의 혼례를 축복해 주는 것 같았다.

식장에 하객으로 왔다가 간만에 얼굴을 본 삼대성군은 한데 모여 떨어질 줄을 몰랐다.

하객 중엔 베르체스의 모습도 보였다.

그녀는 아르디엔과 아로아의 결혼식이 아니라서 내심 안도하고 있었다.

하지만 사실 그녀도 짐작하고 있었다.

더 이상 아르디엔의 마음속에 자신이 들어설 공간은 없다는 걸.

머리로는 알지만 가슴이 받아들이지 못하는 아이러니한 상황이었다.

이런 경우 자체가 처음이라 베르체스에겐 여간 힘든 게 아니었다.

그녀의 눈엔 식장으로 입장하는 아르디엔과 아로아의 모습이 자꾸 환상처럼 어른거렸다.

* * *

신랑대기실에서 마렉은 안절부절못하고 있었다.

턱시도를 차려 입은 자신의 모습을 거울에 몇 번이고 비춰 보았다.

"괘, 괜찮은 건가?"

난생 처음 턱시도를 입어본 마렉은 자신의 모습이 어색하기만 했다.

그는 용병왕이라는 이름답게 늘 움직이기 편한 옷들만을 고수해 왔다.

격식에 맞는 딱딱함을 좋아하지 않았다.

게다가 늘 차고 다니던 크림슨 두 자루까지 떼놨더니 더더욱 허전했다.

크림슨의 매무새를 고쳐 만져주던 하멜 용병단 서열 2위 여자 용병 체스카는 심드렁하게 말했다.

"뭘 그렇게 긴장해? 그냥 평소처럼 당당하게 입장하면 돼, 대장."

"당당하게?"

"그래. 주례를 처죽여 할 몬스터라고 생각해 봐. 그러면 호전적으로 입장할 수 있잖아?"

하지만 주례는 다름 아닌 아르디엔이다.

"…가능하겠냐. 공작 나으리가 몬스터였다면 이미 전 대륙이 멸망했을 거다!"

빡!

체스카가 마렉의 뒤통수를 후려갈겼다.

"악! 뭐야!"

"생각만 하라고, 생각만! 누가 진짜로 그러래!"

"그게 생각 자체가 안 된다니까!"

그때 밖에서 케이아스의 밝은 목소리가 쩌렁쩌렁 울려 퍼졌다.

"신랑 신부들은 식장으로 나와주세요~!"

라미안이 케이아스에게 음성확장마법을 시전해 준 덕분에 목소리가 평소보다 열 배 이상 커진 상태였다.

그런데 케이아스는 그것도 모르고 소리를 빽 질렀다.

"으악!"

"꺅!"

마렉과 체스카가 귀를 막고 비틀거렸다.

건물 안에 있는 두 사람이 그 정도였으니 식장에 나와 있던 하객들은 화들짝 놀라 쓰러지는 사람이 과반수 이상이었다.

그러거나 말거나 케이아스는 마냥 해맑았다.

＊　　　＊　　　＊

"……."

크라임은 한참 전부터 말이 없었다.

할 말이 없어서가 아니라 마렉 못지않게 긴장했기 때문이다.

케이아스가 입장하라고 한 지 오 분이 지났는데도 밖으로 나가질 못하고 있었다.

"후우우."

크라임이 깊이 심호흡을 했다.

그의 신랑대기실에 함께 있어주던 디스토가 픽 웃었다.

"어쌔신 킹이 똥마려운 강아지마냥 안절부절못하는 꼴이라니."

"그런 적 없어."

"없기는."

크라임이 디스토를 노려봤다.

하지만 디스토에게 그런 무언의 협박이 먹힐 리 없었다.

"혼자 보긴 정말 아까운데."

"너 진짜……!"

그때 두 사람 사이에 갑자기 마리엘이 나타났다.

크라임이 깜짝 놀라 눈을 휘둥그레 떴다.

"마, 마리엘?"

"지금 다 나왔는데, 여기서 뭐하는 거야?"

마리엘이 크라임의 팔을 낚아챘다.

"자, 잠깐만, 마리엘!"

"시끄러워."

마리엘이 크라임과 함께 사라졌다.

신랑대기실에 홀로 남은 디스토가 킥킥거렸다.

"평생 잡혀 살겠네."

＊　　　＊　　　＊

"신랑~ 신부~! 동시 입장!"

하멜 공작가의 정원에서 본격적인 식이 올려졌다.

케이아스의 진행에 따라 두 커플은 동시에 입장했다.

정원 바닥에 길게 깔아 둔 레드 카펫을 밟으며 주례가 선
단상 앞으로 네 남녀가 수줍어하며 걸었다.

특히 마렉은 모든 관절이 딱딱하게 굳어버린 것 같은 움직
임을 보여 하객들의 웃음을 자아냈다.

두 커플이 단상 앞에 서자 아르디엔이 그들을 포근한 시선
으로 바라보았다.

아르디엔의 입에서 어떠한 이야기가 나올지 네 사람은 무
척이나 궁금했다.

사실 주례로 누구를 세워야 할지, 그들은 많이 고민했다.

한데 아무리 생각해 봐도 아르디엔보다 적임자가 떠오르
지 않았다.

나이는 그들보다 어렸지만, 그것을 제외하면 무엇 하나 모
자라는 게 없는 사내였다.

게다가 나이와 달리 인생경험도 더 많았다.

생각이 깊고, 철이 없지 않았다.

결정적으로 거기 있는 사람들 모두 어떻게 보면 아르디엔 덕분에 지금의 삶을 영위할 수 있었다.

아르디엔이 그들에겐 제 2의 인생을 열어준 셈이다.

그렇다면 주례로 아르디엔보다 더 적격인 사람은 있을 수 없을 것이다.

한참 동안 네 사람을 눈에 담던 아르디엔이 비로소 입을 열었다.

"이렇게 아름다운 순간을 맞이한 마렉과 마리엘, 크라임과 밀레나 두 커플은……."

그 순간 식장에 정적이 찾아 들었다.

결혼 당사자들은 턱이 빠져라 입을 쩍 벌렸다.

멀리서 이를 지켜보던 아로아가 풉! 하고 웃음을 터뜨렸다.

라미안은 어쩔 줄 몰라 하며 옆에 서 있는 알버트를 바라봤다.

알버트가 참지 못하고 한마디 했다.

"하멜 공작님도 어쩔 수 없네요. 하하."

아르디엔은 한순간의 말실수로 결혼 파트너를 바꿔 버렸다.

사실 아르디엔은 이 자리가 유난히 긴장되었다.

과거로 회귀하고 나서는 한 번도 이토록 긴장해 본 적이 없었다.

살짝 당황해 보이는 아르디엔의 모습이 재미있는지 마리

엘은 놀란 표정을 지우고 쿡쿡 대며 웃었다.

아르디엔은 최대한 아무렇지 않은 척하며 다시 입을 열었다.

"죄송합니다. 다시 하겠습니다. 이렇게 아름다운 순간을 맞이한 마렉과 크라임, 마리엘과 밀레나는……."

"……!"

"……!"

"……!"

"푸하하하하하하하!"

결국 알버트가 큰 웃음을 터뜨렸다.

아르디엔은 서로의 애인을 바꾸는 것도 모자라서 이젠 네 사람을 게이와 레즈비언으로 만들어 버렸다.

평소답지 않은 아르디엔의 모습에 하객들은 당황했지만, 나중엔 알버트와 똑같이 웃어댔다.

찔러도 피 한 방울 나올 것 같지 않던 하멜 공작에게 저런 면이 있을 줄 누가 알았겠는가?

그 모습이 귀여울 지경이었다.

아르디엔이 고개를 푹 숙였다.

그리고서는 다시 심기일전하여 주례사를 읊기 위해 입을 열었는데.

쿠와아아아아앙!

"으아아악!"

"뭐, 뭐야!"

식장의 한 가운데 땅거죽이 거꾸로 뒤집혀 확 솟구치더니 무언가 거대한 것이 튀어나왔다.

콰앙!

땅속에서 튀어나와 식장에 두 발을 딛고 선 불청객은 다름 아닌 트롤이었다.

"트롤이… 땅속에서 튀어나와?"

"아니, 그 이전에 트롤이 왜 이런 곳에……?"

파보츠에서는 근래 몬스터의 그림자도 볼 수가 없었다.

알버트가 헬레나 영지의 영주로 취임하면서 치안이 좋아졌기 때문이다.

그런데 트롤이라니?

아니, 그 이전에 트롤이 땅을 파고 다닌다는 것 자체가 말이 안 된다.

트롤은 덩치만 3미터에 달하는 초록색 피부의 괴물 몬스터다.

주로 나무기둥을 뿌리 채 뽑아 몽둥이로 사용한다.

또 한 가지 특징은 트롤은 상처를 입으면 바로바로 회복한다는 것이다.

움직임이 민첩하고 힘이 세다.

그러나 절대 땅을 파고 이동하는 습성은 없다.

신체 구조상 그게 가능하지도 않다.

모두가 의아해 하고 있을 때, 마렉과 크라임이 턱시도를 벗어 던졌다.

그러자 그 속에 입고 있던 평상복이 나타났다.

사람들은 이를 보고 고개를 갸웃거렸다.

디스토는 고개를 절레절레 저었다.

"어떤 미친 인간들이 사복 겉에다 턱시도를 입어?"

마렉과 크라임, 그리고 마리엘이 트롤의 앞을 막아섰다.

"체스카!"

마렉이 체스카의 이름을 부르는 순간, 이미 준비되었다는 듯 크림슨 두 자루가 날아들었다.

타탁!

마렉은 크림슨에 오러를 불어넣었다.

그러자 마리엘이 드레스 치마를 북 찢어 미니드레스로 만들더니, 치마 속으로 손을 넣어 허벅지에 묶어 두었던 채찍을 꺼내 들었다.

크라임도 양 손가락 사이에 암기를 감추고서 트롤을 노려 봤다.

"쿠워어어어어어어!"

결혼식장의 불청객이 시끄럽게 포효했다.

Chapter 04
루틴의 행방

처음에는 단순하게 생각했다.

트롤 한 마리쯤이야 마렉, 마리엘, 크라임 셋이 동시에 손을 쓸 필요도 없었다.

셋 중 한 명만 나서도 충분히 정리할 수 있었다.

그런데 아니었다.

트롤은 세 사람에게 한 번씩 큰 일격을 얻어맞았는데도 죽지 않았다.

팔이 날아가면 단숨에 재생되었다.

머리가 날아가도 마찬가지, 사지를 조각 내놓아도 금세 원래 모습으로 돌아왔다.

"뭐야, 이거?"

마렉이 미간을 찌푸렸다.

트롤의 정체는 다름 아닌 인피니트였다.

위스덤 메이지 로스턴이 만들어낸 최강의 키메라!

녀석은 마도국에서 땅을 뚫고 도망친 뒤, 정처 없이 떠돌아다니며 닥치는 대로 생명체를 먹어치웠다.

인피니트는 생명체를 잡아먹으며 그 힘과 지능, 그리고 특성까지 모두 흡수한다.

그러다 보니 점점 더 강해져 갔다.

그렇게 인피니트는 계속해서 성장하며 목적지 없이 방황하다 파보츠까지 오게 된 것이다.

마렉이 크림슨 두 자루를 휘두르며 그런 인피니트에게 달려들었다.

"우와아아아아압!"

커다란 기합과 함께 높이 도약한 마렉이 오러가 어린 크림슨을 세로로 휘둘렀다.

그대로 머리를 두 조각날 셈이었다.

서걱!

인피니트의 머리가 반으로 쩍 갈라졌다.

피와 뇌수가 사방으로 비산하고 바닥에 떨어졌다.

마렉은 바닥으로 내려서는 와중에 크림슨을 수십 번 더 휘둘렀다. 인피니트의 육신이 수십 조각 나 땅에 떨어졌다.

마렉은 땅에 두 발을 딛고 서서 고깃덩이가 된 육신을 보며 거칠게 내뱉었다.

"어디 다시 재생해 봐! 얼마든지 또 썰어줄 테니까! 카악~ 퉤!"

마렉이 침을 탁 뱉었다.

그 침은 바닥에 자욱한 인피니트의 피 위에 툭 떨어졌다.

순간.

짜르르르르르르.

인피니트의 피가 전율했다.

마렉의 체액 속에 담겨 있는 그의 유전자를 피가 흡수했다.

사방에 뿔뿔이 흩어져 있던 뼈와 살 조각이 한데 뭉쳐졌다.

바닥에 흥건한 피도 다시 흡수되었다.

꾸물거리던 살덩어리는 트롤이 아닌 다른 형상으로 변하려 하고 있었다.

그리고 드디어 인피니트가 하나의 완성된 형태를 취하는 순간, 모두의 입이 쩍 벌어졌다.

인피니트는 마렉의 모습을 하고 있었다.

"뭐야, 저거!"

마렉이 놀라서 소리쳤다.

"어? 마렉이랑 똑같네요."

상황을 지켜보던 알버트가 말했다.

"꺄아아아악! 끔찍해! 마렉이 둘이라니!"

마리엘이 진절머리를 냈다.

"시끄러워!"

마렉이 크림슨을 고쳐 쥐며 앞으로 나섰다.

"이거 살의가 마구마구 타오르는데? 이 거지 같은 게 날 흉내 내? 그래 봤자 껍데기지!"

마렉은 전광석화처럼 앞으로 쏘아져 나갔다.

자신과 똑같이 생긴 상대는 보자마자 어마어마한 거부감과 함께 살육을 느끼게끔 만들었다.

그대로 크림슨 두 자루를 휘둘러 조각을 내버릴 참이었다.

그런데, 인피니트는 크림슨의 공격을 가볍게 피했다.

슈슉!

허망하게 허공을 가른 크림슨.

마렉이 눈을 부릅뜨고 인피니트를 쏘아봤다.

'피했어?'

인피니트가 마렉의 복부를 가격했다.

퍽!

"컥!"

이어, 한 손으로 마렉의 오른 손목을 잡아 꺾었다.

마렉의 손가락에 힘이 풀리며, 크림슨 한 자루를 놓쳤다.

인피니트는 그것을 낚아채 오러를 주입한 뒤, 마렉에게 휘둘렀다.

까아아아아아앙!

마렉은 나머지 한 자루의 크림슨을 들어 올려 가까스로 인피니트의 공격을 막아냈다.

두 개의 오러가 격돌하며 굉음을 흘렸다.

"이런 미친!"

마렉이 욕설을 내뱉었다.

인피니트가 휘두른 크림슨엔 마스터급의 오러가 어려 있었다. 게다가 힘과 스피드도 마렉에게 밀리지 않았다.

아니, 완전히 똑같았다.

마렉이 크림슨을 크게 밀치며 인피니트에게서 떨어졌다.

"대체 뭐야, 저건?"

마렉은 혼란스러웠다.

조금 전까진 트롤이었던 놈이 산산조각 나더니 자신의 모습으로 변했다.

게다가 똑같은 힘까지 갖추고서 말이다.

마렉은 점점 더 인피니트의 존재가 역겨워졌다.

인피니트는 그런 마렉을 보더니 피식 웃으며 소리쳤다.

"이 몸 좋은데? 다시 와 봐! 크림슨으로 썰어서 산산조각을 내줄 테니!"

그건 영락없는 마렉의 목소리와 말투였다.

"똑같이 복사했군."

뒤에서 상황을 지켜보던 아르디엔이 나직이 말했다.

어디서 어떻게 만들어져 나타난 놈인지는 모르겠지만, 아무튼 보통내기가 아닌 것만은 확실했다.

이대로 싸운다면 혼란을 느끼는 마렉이 패할 가능성이 농후했다. 하지만 아르디엔은 전혀 긴장하지 않았다.

인피니트가 아무리 대단한 괴물이라고 해도, 아르디엔에겐 더욱 무서운 괴물이 있었다.

"이그나이트."

아르디엔이 나직이 말했다.

순간 강렬한 바람 한줄기가 하늘에서부터 날아와 정원에 불어닥쳤다.

갑작스런 돌풍에 당황한 사람들이 넘어지지 않으려 안간힘을 쓰고 버텼다.

돌풍이 몰아친 다음엔 갑자기 어둠이라도 내린 듯 사위가 깜깜해졌다.

하객들은 놀라서 일제히 고개를 들어 올렸다.

그리고 경악했다.

저 높은 하늘엔 거대한 성과 같은 생명체가 크게 날개짓을 하며 태양을 가리고 떠 있었다.

그것은 아르디엔의 그랜드 리치 드래곤, 이그나이트였다.

인피니트도 이그나이트의 존재를 확인했다.

그리고 입맛을 다셨다.

"저기 더 맛있는 게 있잖아?"

인피니트가 크림슨을 들어 올려 이그나이트를 겨누었다.

"이리 내려와! 이번엔 널 맛봐야겠다!"

만약 인피니트가 이그나이트의 작은 세포 하나라도 흡수하게 된다면, 그땐 정말 큰일이 날 수도 있었다.

녀석은 이그나이트와 똑같은 드래곤이 될 것이고, 드래곤과 드래곤의 격전은 그 여파로 인해 파보츠를 날려버릴지도 모를 일이다.

하지만 아르디엔은 이미 인피니트의 성질을 파악한 이후였다.

'놈은 유전자를 흡수해 변신한다.'

마렉이 인피니트의 피에 침을 뱉자 그와 똑같은 모습으로 변하는 순간 모든 정황을 짐작하게 된 것이다.

이미 일반인의 영역을 넘어선 아르디엔의 사고는 그만큼 뛰어났으며 예리했다.

"어서 내려오라니까!"

인피니트는 이제 마렉이나 마리엘, 크라임을 완전히 무시하고 있었다.

"이 개자식이 누굴 무시하는 거야!"

마렉의 이마에 핏대가 불뚝거리며 올라왔다.

그가 인피니트에게 다시 달려들려는 순간, 그보다 먼저 아르디엔이 움직였다.

마렉은 아르디엔이 자신을 스쳐 지나가는 줄도 몰랐다.

그것은 마치 마리엘의 공간이동 같았다.

갑자기 인피니트의 코앞에 나타난 아르디엔이 주먹을 말아 쥐고 읊조렸다.

"네가 올라가라."

뻑!

말미에 아르디엔의 주먹이 인피니트의 턱을 올려쳤다.

"컥!"

완전히 턱이 아작난 인피니트가 하늘 높이 솟구쳤다.

순식간에 이그나이트가 비행하고 있는 고도보다 높이 올라가 버린 인피니트는 쾌재의 미소를 머금었다.

어찌 되었든 이그나이트와 접촉만 할 수 있으면 되는 일이다.

하지만 애석하게도 인피니트에게 그런 기회는 찾아오지 않았다.

"세포 하나까지 전부 태워 없애라."

아르디엔의 명령이 떨어지는 순간, 인피니트가 하늘로 고개를 들어 올리더니 입을 쩍 벌렸다.

그리고 자신을 향해 떨어지는 인피니트를 향해 지옥의 불길을 쏘아 보냈다.

전장에서 숱한 병사들의 목숨을 앗아간 브레스였다.

금강석도 단숨에 녹여 완전히 태워 없애버리는 브레스가 인피니트의 몸을 집어삼켰다.

"크아아아……!"

인피니트의 처절한 비명 소리가 울리다가 갑자기 끊겼다.

하지만 브레스는 그치지 않고 계속해서 쏟아져 나갔다.

아르디엔의 명대로 이그나이트는 인피니트의 세포 하나까지 모두 태워버릴 작정이었다.

한참 동안 솟구치던 브레스가 그쳤다.

불기둥이 사라진 하늘에는 아무것도 남아 있지 않았다.

인피니트는 말 그대로 완벽하게 '소멸' 되어버린 것이다.

자칫 잘못했다간 큰 전투로 번질 수도 있었을 사건이 이렇게 마무리 되었다.

이그나이트는 아르디엔의 손짓 한 번에 저 먼 산으로 날아가 버렸다.

*   *   *

한바탕 벌어진 소동에 합동결혼식장은 많이 혼란스러워져 있었다.

하지만 식을 이대로 마무리 지을 수는 없었다.

주변이 대충 정리되자, 아르디엔은 다시 주례석으로 가서 섰다.

"신랑, 신부는 다시 입장해 주세요~!"

케이아스가 신이 나서 외쳤다.

마렉과 밀레나 커플, 크라임와 마리엘 커플이 매무새를 가다듬고 아르디엔의 앞에 섰다.

그 네 사람 중 제대로 된 복장을 갖춘 이는 밀레나밖에 없었다. 식을 망쳐 버린 것 같은 기분이 들어 밀레나는 속상했다.

하지만 마렉은 히죽거리며 좋아했다.

"그래, 역시 이런 편안한 복장이 제일이지. 결혼식이라고 꼭 턱시도를 입으란 법은 없잖아?"

크라임이 고개를 끄덕였다.

"나도 이게 편하다."

참으로 간만에 의견이 맞는 두 사람이었다.

"자~ 계속 진행하십시다, 공작 나으리!"

마렉이 밀레나의 팔짱을 척하고 끼며 말했다.

그에 밀레나는 그저 웃어버렸다.

'그래, 원래 이런 남자였지.'

마렉은 마렉다울 때 가장 멋있다.

그래서 밀레나가 마음을 준 것이다.

결혼식이 엉망이면 어떻고, 턱시도가 아니면 어떻겠는가.

마렉이 자신의 곁에 있다는 것, 그게 가장 중요했다.

마리엘도 크라임에게 팔짱을 꼈다.

비로소 제대로 된 식이 진행되었다.

아르디엔은 주례랍시고 길고 긴 일장연설을 늘어놓지 않았다. 그의 주례사는 짧고 강렬했다.

"난 지금 이 자리에 선 아름다운 두 커플의 혼인을 진심으로 축하하며, 만약 누군가의 변심으로 가정이 파경의 길을 걷게 될 시, 원인제공자를 결코 용서하지 않겠다. 이상."

등골이 서늘해지는 말이었다.

가정생활에 충실하지 못하고 파경을 맞게 된다면, 원인제공자는 죽을지도 모른다는 위기감이 뼛속까지 파묻혔다.

살짝 침체된 분위기를 케이아스가 다시 끌어 올렸다.

"자~ 그럼 이제부터 두 커플의 결혼을 축하하며 먹고 마십시다~!"

그제야 하객들은 환호하며 박수를 쳐주었다.

이를 지켜보던 알버트와 라미안 커플은 같은 생각을 했다.

절대 주례는 아르디엔에게 맡기지 말아야겠다고 말이다.

　　　　　*　　　　*　　　　*

어두운 밤.

열한 명의 사람이 숲 속 동굴에 모여 시간을 죽이고 있었다.

타닥. 타닥.

동굴 안에 지펴놓은 모닥불이 타들어갔다.

사람들 사이에 오가는 말은 없었다.

다들 잠이 든 건 아니었다.

몇몇은 동굴 바닥에 모포를 깔고 누워 있었지만 정신은 멀쩡했다.

모닥불이 주변에 앉아 있는 이들의 얼굴을 비췄다.

한데 하나같이 어두운 표정이었다.

그 와중에 단 한 명만큼은 묘한 미소를 띠고 있었다.

그는 바로 루틴이었다.

그리고 다른 열 명의 사람은 다름 아닌 대륙 십존이었다.

십존 중 서열 1위인 아티모르는 루틴의 곁에 인형처럼 앉아 있는 그의 여동생 다리아를 힐끔힐끔 바라보았다.

그녀는 몇 년 전에 죽었다.

하지만 지금은 다시 살아났다.

루틴이 그녀를 그랜드 리치로 만들었기 때문이다.

다리아는 더 이상 아티모르를 끔찍하게 아끼던 사랑스러운 여인이 아니었다.

루틴의 말에 복종하는 꼭두각시가 되어버렸다.

아티모르는 다리아가 다시 되살아나기를 간절히 바랐었다.

하지만 이런 식은 아니었다.

하멜 후작가와 전투를 벌였을 때, 마리엘은 아티모르에게 다리아의 영혼과 대화를 나눌 수 있도록 해주었다.

다리아는 아티모르가 더 이상 잘못된 길을 가길 원치 않았다. 자기 자신을 편히 놓아달라 말했다.

아티모르는 비로소 마음을 정리하고 그러겠다 다짐했다.

하지만 그녀가 저승으로 가려는 그 순간, 루틴은 그녀를 그랜드 리치로 되살렸다.

그때부터 아티모르의 인생은 진정한 비극으로 치달았다.

사실 그들은 루틴의 명에 따라 그라함 왕국과의 전쟁에 참여할 예정이었다.

하나, 루틴은 만약의 사태를 대비해 그들을 아끼기로 했다.

어차피 그에겐 이그나이트가 있었다.

아무리 아르디엔이 대단하다 하더라도 이그나이트를 어쩌진 못할 것이라 생각했다.

만약 이그나이트가 제압당한다면 대륙 십존의 전력이 보강되더라도 이길 수 없는 전쟁인 것이다.

반대로 이긴다면 압승을 거둘게 분명했다.

하나, 이그나이트는 아르디엔에게 빼앗겼다.

루틴은 전장에서 도망친 뒤, 십존들을 만나 함께 마도국을 벗어났다.

루틴에겐 다리아라는 절대적 인질이 있으니 십존들은 모두 그의 말을 들을 수 밖에 없었다.

단 한순간도 함께 하기 싫은 사람과 계속 도피 생활을 해야 한다니, 십존들에겐 고역도 그런 고역이 없었다.

맘 같아선 당장 루틴의 목을 쳐버리고 싶었다.

하지만 그렇게 되면 다리아가 문제다.

다리아는 지금 그랜드 리치가 되었기에, 그녀의 생명을 보관하는 라이프 포스 배슬이 파괴되어야 죽을 수 있다.

하지만 그 라이프 포스 배슬은 루틴이 은밀히 숨겨놓았다.

루틴을 죽이면 다리아는 루틴이 숨겨 놓은 라이프 포스 배슬 속의 생명 에너지가 자연적으로 고갈될 때까지 살다가 죽음을 맞아야 한다.

한데 다리아의 라이프 포스 배슬엔 생명 에너지가 가득 차 있다. 사오백 년은 무리 없이 살 수 있는 기간이다.

루틴이 죽으면 다리아는 아무것도 하지 않은 채 그 기간 동안을 산송장으로 살아야 한다.

아티모르는 그걸 견딜 수 없었다.

루틴은 이러지도 저러지도 못하는 아티모르의 모습이 즐거웠다.

"왜? 속에서 열불이 치밀어 오르나?"

루틴이 아티모르를 자극했다.

그에 서열 2위 광제 모디안이 눈을 희번득이며 살기 어린 미소를 머금었다.

"난 가끔 미칠 때도 있거든. 그러면 앞뒤 안 본다고. 모가지 날아가기 싫으면 적당히 해."

"후후후. 새겨듣지. 아무튼 내 목이 붙어 있는 한, 그대들은 날 오래도록 보필해야 한다는 걸 알아둬."

루틴은 십 년 후, 신물 듀란달의 봉인이 풀리기를 기다리기로 했다.

오리진들의 말대로 듀란달이 십 년 후에라도 나타난다면, 그것을 가로채 차원을 찢어 마왕을 부활시키겠다는 것이 그의 속셈이었다.

'마왕만 부활한다면 난 마인이 되어 영생을 얻는다. 마왕 군단의 힘이 내 손에 들어온다.'

마왕의 힘은 그 옛날 온전했던 드래곤과도 필적했다.

물론 아르디엔에게 그랜드 리치 드래곤 이그나이트가 있긴 하다.

하지만 그것은 어찌되었든 죽었다가 다시 살아난 이후, 본

신의 힘을 전부 발휘하지 못하고 있다.

그렇다면 마왕이 드래곤을 제압하지 못할 리 없었다.

해서 루틴은 십존들과 어떻게든 십 년을 버티기로 했다.

물론 그 십 년이 결코 짧은 시간도, 그리고 평안한 시간도 아닐 것이다.

루틴은 지금도 자신을 향한 십존의 지독한 살기를 고스란히 받아내고 있었다.

아무리 루틴이라고 해도 그것은 고역이 아닐 수 없었다.

하지만 그는 늘 태연자약한 척 미소를 지우지 않았다.

역시 한때 마도국을 이끌던 우두머리다운 기개였다.

"내일은 우리가 지낼 곳을 구해보는 게 어떨까? 늘 이런 동굴에서만 생활할 수는 없잖아. 이 숲엔 산적들이 많다는데, 놈들을 때려잡아 산채를 통째로 빼앗는 것도 나쁘지 않을 것 같군. 다들 동의하지?"

"……."

"……."

"……."

누구의 입에서도 대답은 들려오지 않았다.

오로지 침묵만이 흘렀다.

그러자 루틴이 다리아를 바라보았다.

그의 손이 그녀의 머리카락을 어루만졌다.

"다리아는 동의하지?"

"…네."

다리아가 고개를 끄덕였다.

"역시, 예뻐해 주지 않을 수가 없어."

루틴의 손이 이번엔 그녀의 뺨을 훑고 더 아래로 내려가려 했다.

그 순간.

스릉.

달빛에 차갑게 빛나는 한 자루 검끝이 루틴의 목에 와 닿았 다. 검 손잡이를 쥔 아티모르의 손에 힘줄이 불거졌다.

"거기서 더 하면."

검날이 스르르 움직이더니 루틴의 손목으로 향했다.

"평생 외팔이로 살아야 할 것이다."

이글거리는 아티모르의 시선을 덤덤히 받아낸 루틴이 피 식 웃었다.

그가 손을 거두어들이며 고개를 저었다.

"이렇게 날카로워서야 장난도 못 치겠군."

너스레를 떤 그가 자리에 드러누웠다.

"내일 힘쓰려면 지금부터 푹 자둬야 하지 않겠나? 다들 도 끼눈 하고서 날 노려보는 쓸데없는 짓거리 그만 하고 자라 고."

그 말을 던진 이후, 루틴은 연기인지 진짜인지 크게 코를 골기 시작했다.

십존들은 하나 같이 그런 루틴의 모가지를 비틀어 버리고 싶었다.

하지만 다리아를 위해 참아야 했다.

십 년.

십 년 뒤에 정말 듀란달의 봉인이 풀리든, 아니면 그 말이 거짓이었든 루틴은 다리아의 라이프 포스 배슬을 넘겨주겠다고 약속했다. 그 다음 라이프 포스 배슬을 부숴 다리아를 진정 자유롭게 해줄 것인지, 아니면 곁에 두고 볼 것인지는 모두 아티모르의 몫이었다.

하지만 다리아의 라이프 포스 배슬을 아티모르가 가졌다고 해서, 그녀가 아티모르의 말을 듣게 되는 건 아니다.

다리아의 링크, 즉 영혼의 바늘은 그녀를 만들어낸 주인 루틴과 연결되어 있기 때문이다.

결국 아티모르는 그녀를 편하게 보내주는 쪽을 택하게 될 것이다. 모두 그렇게 예상했다.

십존들은 오늘도 그들의 리더인 아티모르의 아픔을 나눠 갖으며 뜬 눈으로 밤을 지새웠다.

앞으로 이런 밤은 십 년 동안 지속될 것이다.

Chapter 05
아스크의 약속

아르덴 전기

대륙력 372년 8월.

전쟁이 끝나고 반년이 넘어가는 동안 그라함 왕국은 눈부신 성장을 이룩했다.

금력은 물론이고 군사력까지 작년과는 비교도 되지 않을 만큼 거대해졌다.

이제는 가르테아 제국도 그라함 왕국을 함부로 넘볼 수 없을 지경이 되었다.

그라함 왕국이 이토록 빠른 성장을 이룩한 뒷배경에는 하멜 공작가가 있었다.

아르디엔은 그라함 왕국이 성장하기 위해 필요한 모든 지원을 아끼지 않았다.

인력이든, 돈이든, 재능이든 전폭적으로 지원을 해주었다.

특히 이 과정에서 두각을 가장 크게 드러낸 이는 하멜 상단을 이끄는 베나엘이었다.

그는 특히 타국과의 무역루트를 만들고, 지대한 이익을 남기는데 엄청난 공헌을 했다.

단 반년.

그동안 인근 모든 국가와의 교류를 텄다.

베나엘은 그라함 왕국과 거래를 튼 국가들이 무엇을 가장 필요로 하는지 이미 알고 있었다.

그들이 처한 상황을 지형적 특성, 기후, 국가적 성향, 정치적 암투 등으로 완벽하게 파악하고 그 안에서 가장 큰 위기로 다가오는 문제가 무엇인지를 정확히 짚어냈다.

거기까지만 알아내면 그 나라에 가장 필요한 것이 무엇인지 아는 건 손바닥 들여다보듯 쉬운 일이다.

그리고 그 국가가 필요로 하는 물건을 그라함 왕국이 아닌 타국에서 헐값에 구해왔다.

물론 타국엔 그 나라가 원하는 것을 내어주었다.

그런 식으로 각 국가 간에 가장 필요한 것과 넘치는 물자들을 파악한 뒤, 중간에서 다리 역할을 해버리니 결국 이문을 가장 많이 남기는 건 그라함 왕국이었다.

사실 이러한 무역로는 소국들끼리도 이어갈 수 있었다.

하나, 현재 그라함 왕국 인근의 소국들은 냉전상태였다.

서로가 서로를 견제하며 조금이라도 틈이 보이면 검을 쑤셔댈 만큼 관계가 좋지 않았다.

전쟁의 여파란 것이 그렇다.

그라함 왕국과 마도국 간의 큰 전쟁이 끝나고 나니 여태껏 서로를 못 잡아먹어 눈치만 보던 소국들이 자극을 받은 것이다.

하지만 어느 나라도 섣불리 전쟁을 일으킬 순 없었다.

그저 조심하라는 제스쳐를 취하며 눈치게임만 벌일 뿐이다.

그때 베나엘이 이 체스판에 뛰어든 것이다.

그는 모두의 편이었다.

그라함 왕국에서 온 하멜 공작가의 상단주인데 누가 베나엘을 함부로 대하겠는가?

베나엘이 소국들 간의 교역료를 구축하니 처음에는 모른 척 그걸 묵인했다가, 나중에는 뒤늦게 알았지만 베나엘의 뜻이니 어쩔 수 없이 따른다는 식으로 행동했다.

소국들도 자신의 나라에 필요한 물자가 금방금방 수급되니 나쁘지 않았던 것이다.

베나엘이 중간에서 많은 이문을 남기지만 소국들의 입장에서도 전혀 손해보는 시장은 아니었다.

아무튼 베나엘이 이 소국들을 유기적으로 연결시켜 완벽한 무역료를 만드는데 반년이 걸린 것이다.

그동안 벌어들인 돈도 어마어마했다.

그 돈으로 그라함 왕국은 전쟁도구를 만들었고, 병사들을 징집해 강하게 훈련시켰다.

아울러 성벽을 더욱 굳건히 만들고, 전문적인 첩자들을 키워냄으로써 내외적으로 국방에 힘을 기울였다.

이제 베나엘은 대상인으로 불리고 있었다.

가장 낮은 장사치에서 인생을 시작해, 만인의 눈치만 살피던 그가, 이제는 가장 높은 대상인이 되었다.

하지만 그는 지금도 타인의 눈치를 살폈고, 자신을 가장 낮게 대했다.

누구 앞에서도 고개 조아리기를 서슴지 않았으며, 때로는 재롱꾼이 되기도, 웃음거리가 되기도 했다.

그런 베나엘에게 정신이 팔려 웃고 떠들다 보면 거래처의 사람은 주머니가 가벼워져 버린다.

소리장도(笑裏藏刀).

웃음 속에 칼을 숨긴 최고의 장사치야말로 베나엘이었다.

                    *   *   *

그라함 왕국은 그야말로 태평성대를 누리고 있었다.

국민들은 굶주리지 않았고, 도시며 마을마다 그늘진 곳이 없었다.

국가를 안에서 시들게 하는 간신들도 아직까지는 존재치 않았다.

아르디엔이 역적의 무리들을 한 번에 도살해 버린 뒤, 역심을 품고 숨어든 무리들 역시 솎아내 처단한 이후, 누구도 감히 딴 마음을 먹지 못했다.

게다가 지금 그라함 왕국 귀족들의 분위기는 하멜 공작가와 삼대성군을 본받자는 식이었다.

지금은 삼대성군이 아니라 사대성군이 되었다.

아르디엔이 리호른 백작, 레이먼 백작, 칼토르 후작과 함께 성군의 반열에 이름을 올린 것이다.

그라함 왕국의 거의 모든 귀족은 사대성군과 같은 사람이 되기 위해 무던히도 노력해 나갔다.

성군이라는 것이 무엇인가?

자신보다 국민을 우선할 수 있는 사람들을 말한다.

한데 귀족들이 이런 사대성군을 닮으려 하니 하나 같이 청렴결백해짐은 물론이요, 가장 낮은 자의 작은 소리까지 귀담아 들었다.

그리고 이것은 그라함 왕국이 더욱 풍족해 질 수 있는 커다란 효과가 되어 퍼져 나갔다.

그라함 왕국은 모두가 그리는 이상향, 파라다이스가 되어 가고 있었다.

굶어죽는 이들이 가장 적은 곳.

이제는 그렇게도 불렸다.

그리고 사실이었다.

그라함 왕국은 기근이 찾아와도 충분히 버텨낼 수 있었다.

요정의 축복을 받은 풍요의 땅 이르베스에선 날씨와 상관없이 늘 어마어마한 양의 야채와 과일들을 수확할 수 있었기 때문이다.

언젠가부터 국민들의 입에서는 흥겨운 노래가 끊이지 않았고, 국왕의 입에선 미소가 지워지지 않았다.

*   *   *

대륙력 372년 9월.

이르베스를 포함한 헬레나 영지의 모든 영토는 하멜 공작령이 되었다.

하멜 공작가의 도움을 크게 받은 그라함 왕국이었기에, 말레스 페나트리앙 국왕이 헬레나 영지를 하멜 공작령으로 선사한 것이다.

그 소식에 가장 기뻐한 것은 알버트였다.

그는 대번에 하멜 공작가를 찾아와 아르디엔 앞에 고개 조아리며 소리쳤다.

"감축드립니다, 공작님~! 아니, 새로운 영주님!"

헬레나 영지가 하멜 공작력으로 바뀌면서 새로운 영주도 당연히 아르디엔이 되었다.

보통 자신의 의지와 상관없이 이런 식으로 영주직을 잃게 되면 대단히 억울해 하게 마련이다.

재수가 없어도 이렇게 없을 줄이야! 하며 성을 내는 것인 정상적인 인간의 반응 범주다.

그런데 알버트 만세를 불렀다.

"드디어 지긋지긋한 영주직에서 해방이랍니다아~! 지긋지긋한 영주가 되신 하멜 공작님께 진심으로 감사한 마음을 담아 경하드립니다아~! 이 힘든 짓거리 더 이상 하다간 돌아버릴지도 모를 지경이었거든요. 게다가 호위기사랍시고 하나 있는 올리버 경은 점점 더 절 구타하는 횟수가 많아지질 않나… 휴. 정말이지 지옥 같은 나날이었지 뭡니까? 그럼 저는 이만."

자기 할 말만 주르륵 늘어놓고 돌아서는 알버트를 아르디엔이 불러 세웠다.

"알버트."

그런데 그 음성이 불안했다.

알버트는 공작의 말을 무시하고 도망치느냐 뒤를 돌아보
느냐 상당히 갈등했다.

하지만 결국, 그는 도망치지 못했다.

아르디엔이 알버트를 보며 씩 웃었다.

무서웠다.

저렇게 웃는 아르디엔은 분명 귀찮은 일거리를 자신에 맡
기려 할 것이다.

아니나 다를까.

"방금 하멜 공작령의 부영주로 취임한 것을 축하하네."

"……."

털썩.

알버트는 다리에 힘이 풀려 그대로 주저앉았다.

"앞으로도 지금까지 해왔던 것처럼 잘 해줄 거라 믿겠어."

"…차라리 사약을 먹고 죽으라고 하십시오. 그게 아니라면
살려 주십시오. 부영주직이라니요. 당… 아니, 하멜 영주님,
지금 저랑 장난하십니까."

순간 당신이라고 할 뻔 했다.

그만큼 깊은 화가 속에서부터 마구 올라왔다.

게다가 말투도 오만방자, 불손하기 짝이 없었다.

하지만 아르디엔은 그런 알버트에게 조금도 화를 내지 않았다.

오히려 재미있었다.

"어서 가서 본인의 업무에 충실하도록."

알버트가 벌렁 드러누웠다.

"아예 직무유기로 지금 당장 옥에 처넣으십시……."

뻑!

"억!"

뭔가가 똥배짱을 튕기던 알버트의 옆구리를 걷어찼다.

숨이 컥컥 막혀 몸을 웅크린 채 뒹굴뒹굴 거리던 알버트가 기습공격을 한 무뢰배의 얼굴을 확인했다.

그는… 누구보다 알버트를 지켜줘야 하는 호위기사 올리버였다.

올리버가 아파하는 알버트를 무시하고서 아르디엔에게 고개를 조아렸다.

"알버트 스트라이더 부영주님의 호위기사 올리버 투슬란이 하멜 공작 각하께 정식으로 인사 올립니다."

"그래. 앞으로도 잘 부탁하겠어."

"염려 놓으십시오."

"크흑! 켁! 너… 지금 누구 편을……! 요새 마누라한테 바가지 좀 긁혔다고 나한테 화풀이를 하는……!"

빽!

"꺽!"

계속 정신 못 차리고 헛소리를 지껄이던 알버트의 정수리를 격렬하게 후려친 올리버가 고통에 몸서리치는 그를 들쳐 업었다.

"그럼 물러가겠습니다."

어떤 상황에서든 끝까지 예의 지키며 인사를 건네는 올리버의 정수리를.

콰득.

"…억."

알버트가 물었다.

그때 마침 아르디엔에게 볼 일이 있어 홀로 들어서던 라미안이 그 광경을 보았다.

"…알버트님?"

"라미아아아안~!"

올리버의 등에서 뛰어내린 알버트가 라미안에게 달려가 안겼다.

"라미안. 슬픈 소식이 있어요. 제가……."

"오늘 부영주님이 되셨죠? 축하드려요. 백수 신세는 면하게 되었네요."

라미안은 너무나 해맑은 얼굴로 그리 말했다.

이제 알버트는 비빌 언덕이 전부 사라져 버렸다.

"라, 라미안… 그걸 어떻게 알고 있었죠?"

"며칠 전에 일이 있어서 들렀다가 하멜 공작님에게 들었어요."

"근데 왜 미리 알려주지 않은 건데요?"

"좋은 소식은 그렇게 알아선 안 되잖아요. 이렇게 알아야 기분이 더 좋지."

"……."

알버트에겐 전혀 좋은 소식이 아니었다.

"실직자 되지 않은 거 다시 한 번 축하드릴게요, 알버트 부영주님."

알버트는 말갛게 미소 짓는 라미안에게 더 이상 투정을 늘어놓을 수 없었다.

결국 깊은 한숨과 함께 고개를 끄덕일 뿐이었다.

그때 라미안과 아르디엔의 시선이 마주쳤다.

둘은 의미심장한 눈빛을 주고받았다.

모두가 떠난 뒤, 홀로 남은 아르디엔은 자신의 서재로 향했다.

그리고 책상에 앉아 읽다 덮어둔 책을 열어 다시 읽어 내려갔다.

독서를 하는 건 하루 중 아르디엔이 가장 좋아하는 시간 중 하나였다.

하지만 영주직을 영임해 혼자 영토를 돌보려다 보면 이런 휴식시간조차 사라질게 분명했다.

하멜 공작령에도, 그리고 아르디엔에게도 아직은 알버트가 필요했다.

"그나저나… 이제 약속한 시간이 다 되었군."

이제 게르갈드와의 전쟁이 끝난 지 딱 1년째 되는 날이 다가온다.

만약 아스크가 게르갈드의 이미지를 탈바꿈시켜 대륙공적의 악명을 벗지 못하면, 아르디엔은 약속한 대로 마도국을 무너뜨려야 한다.

"능력을 보여라, 아스크."

아르디엔의 나직한 음성이 서재에 은은히 퍼져 나갔다.

*   *   *

다크웬은 10개월 전에 생긴 신생국가다.

그리고 범죄자들의 국가이기도 하다.

다크웬은 그동안 덩치를 빠르게 불려 중소국가만큼 강대해졌다.

이미 다크웬은 5개월 전, 대륙회담을 통해 대륙공적으로 공식 선포되었다.

이제 이그드라엘 대륙엔 대륙공적의 낙인이 찍힌 국가가 둘이나 되었다.

마도국 게르갈드와 암흑국가 다크웬.

그나마 게르갈드는 그라함 왕국과의 전쟁에서 패하고 국왕이 교체된 이후로 조용히 지내는 실정이었다.

단 한번도 인근원 약소국를 괴롭히지 않았고, 흑마법사들이 유랑을 하다 살인을 저질렀다는 얘기도 들려오지 않았다.

해서 똑같은 대륙공적이라 하더라도 각국의 시선이 집중되는 건 다크웬이었다.

하지만 다크웬은 그런 시선 따위 아랑곳 않고 계속해서 주변국을 잡아먹으며 덩치를 불려 나갔다.

다크웬의 국왕 다크엠페러 텅은 시긴이라는 사람과 그가 끌고 온 오천의 키메라들을 무척이나 신뢰하며 믿었다.

게다가 전대륙의 난다 긴다 하는 범죄자들이 하루가 무섭게 망명을 하니, 그야말로 다크웬은 호랑이가 날개를 단 듯한 기세로 거대해졌다.

이제는 정말 다크웬을 그대로 둬선 안 될 지경이 되었다.

결국 가르테아 제국의 황제는 다크웬 토벌령을 내리고자 마음먹었다.

한데 그보다 먼저 마도국이 움직였다.

*　　　*　　　*

자정이 다가오는 시각.

어둠이 짙게 깔린 평야에 한줄기 스산한 바람이 휘몰아쳤다.

그 평야 위에 한 무리의 사람이 서 있었다.

선두에서 아스라한 달빛을 받으며 한 곳을 유난히 노려보는 이는 아스크였다.

아스크는 다크웬의 남쪽 국경관문 초입에 어둠의 사자만을 대동한 채 섰다.

그의 곁에 시긴은 없었다.

시긴은 '오늘까지' 텅의 오른팔 역할을 해야 한다.

그리고 오늘은 이제 얼마 남지 않았다.

*　　　*　　　*

다크웬의 왕성 홀에서는 매일 밤마다 축제가 열렸다.

텅은 늘 주지육림 속에서 즐거운 나날을 보냈다.

하지만 시긴은 그 안에 섞이지 않고 그저 멀찍이 서서 파티를 감상할 뿐이었다.

한 손으로는 술을 마시고, 다른 손으로 여인의 가슴을 만지던 텅이 시긴을 슬쩍 돌아보고서 이리오라 손짓했다.

시긴이 점잖게 고개를 저었다.

그러자 텅이 후다닥 달려 시긴에게 다가왔다.

"그러지 말고 오늘은 같이 놀지 그래?"

"난 그다지 이런 자리를 즐기는 성격이 아니라서."

시긴은 국왕인 텅을 친구처럼 대했다.

하지만 텅은 그것에 대해 조금도 기분 나쁜 기색이 없었다.

시긴이 없었다면 지금의 다크윈은 존재치 않았을 것이다.

시긴은 그에게 행운의 여신이나 다름없었다.

때문에 텅은 시긴에게만큼은 특별대우를 해주었다.

자신을 국왕이 아닌 벗처럼 대하라 한 것이다.

언제 어느때든, 심지어 공적인 자리에서도 그리 하라 했다.

시긴은 이를 거절 없이 받아들였다.

"하여튼 재미없다니까."

텅이 피식 웃고서 다시 술을 마시러 내려갔다.

그런 텅의 곁에 기다렸다는 듯 여자들이 달라붙어 갖은 교태를 부려댔다.

시긴이 시간을 살폈다.

자정이 되기까지 이제 십 분도 채 남지 않았다.

이미 홀은 초저녁부터 끊이지 않고 이어진 파티로 인해 광란의 장이 되어 있었다.

＊　　　＊　　　＊

자정이 되었다.

"가자."

국경관문 초입에서 기다리던 아스크의 명령에 어둠의 사자들이 일제히 움직였다.

그들은 관문을 지키던 병사들을 소리 없이 처리한 뒤, 안으로 들어섰다.

그리고 왕성이 시간이 미리 일러뒀던 도시 마쿠찬을 향해 빠르게 진격했다.

소수최정예의 흑마법사로 이루어진 어둠의 사자들은 전쟁이 끝난 1년 동안 전과 비교할 수 없을 만큼 강해져 있었다.

아스크가 그들에게 마나사이펀을 전수했기 때문이다.

아스크는 루틴과 격돌을 벌일 때, 라미안에게로부터 마나사이펀의 원리에 대해 들었다.

그리고 그것을 순식간에 이해했다.

천재가 아니고서야 불가능한 일이었다.

국왕이 된 이후에는 마나사이펀을 어둠의 사자들에게 전

수했고, 그들은 1년이 지난 지금 모두 1서클에서 2서클 가량
더 높아진 기량을 자랑했다.

그리고 지금 그들을 이끄는 이는 아스크 본인이다.

한 국가를 쳐들어가기엔 터무니없이 부족한 숫자였으나,
그런 건 전혀 문제가 되지 않았다.

아스크는 선봉에 서서 무섭게 길을 뚫으며 내달렸다.

그러다 하늘을 날아올랐다.

어둠의 사자들도 레비테이션 마법을 시전해 비상했다.

그들이 비행하는 궤적을 따라 초고열의 불덩어리가 떨어
져 내렸다.

미친 듯한 번개가 대지에 작렬했다.

땅이 갈라지고 용암이 치솟았으며, 독구름이 내려앉았다.

아스크와 어둠의 사자들이 지나간 곳에 살아남은 생명체
는 없었다.

그저 지독한 지옥도가 펼쳐질 뿐이었다.

*　　　　*　　　　*

즐겁게 먹고 마시던 텅은 갑자기 들려온 침입 소식에 미간
을 찌푸렸다.

"뭐? 다시 말해봐."

"흐, 흑마법사들로 추정되는 삼백여 명의 인간들이 수도로 진격하고 있습니다! 그들이 거쳐 온 곳곳마다 시산혈해를 이뤘다고 합니다!"

"흑마법사들이?"

텅이 시긴을 돌아보았다.

시긴이 텅의 곁으로 다가와 섰다.

"왜 흑마법사들이 쳐들어온 거지?"

텅이 물었다.

"다크웬을 무너뜨리기 위함이겠지."

"고작 삼백 명으로? 하하하! 미친놈들. 하룻강아지 범 무서운 줄 모르고! 시긴! 키메라 군단을 준비해. 당장 나가서 놈들을 짓밟아 버리겠다!"

텅은 설마 그 삼백의 무리에 아스크가 있을 거라고는 생각지 못했다.

쳐들어온 수가 너무 적었기에 그냥 마법 좀 쓴다는 흑마법사 군단을 보내 견제를 하려는 수작이라 짐작했다.

그런 텅을 보며 시긴은 미소를 머금었다.

한데, 미소가 텅의 기분을 상하게 만들었다.

그건 누가 봐도 명백한 비웃음이었다.

그것도 자기 자신을 향한.

"방금 그 웃음… 제대로 설명하지 않으면 아무리 너라도 가만 두지 않을 거야."

텅이 날 선 음성을 내뱉었다.

반면 시긴은 침착하기만 했다.

"한때는 정말 총명한 사람이었는데… 권력이라는 게 무섭긴 무서워. 널 이렇게까지 아둔한 인간으로 만들어 버리다니."

"뭐?"

"넌 나부터 의심했어야 했다, 텅."

시긴의 말이 끝나는 순간!

쾅! 콰장창!

홀의 문이 뜯겨 나가고 곳곳의 창이 깨지며 키메라 무리들이 뛰쳐 들어왔다.

갑자기 나타난 키메라 군단에 홀에 있던 사람들은 놀라 무기를 빼들었다.

"이, 이건 무슨!"

"이 미친 새끼들이 웬 개짓거리야!"

키메라들은 살의가 번들거리는 시선으로 홀 내부의 인간들을 노려봤다.

그러자 모든 이들의 몸에 소름이 끼쳤다.

같이 한편에 서서 싸울 때는 그렇게 든든할 수가 없었던 키메라들이다.

한데 적에게 보내던 살기를 아군이었던 자신들에게 쏘아 보내니, 말도 못할 공포가 전신을 지배했다.

이 황당한 상황에 텅이 맹수처럼 소리쳤다.

"시기이이이인!"

"그렇게 소리치지 않아도 잘 들려."

텅은 허리에 차고 있던 검을 꺼내 시긴에게 겨누었다.

"그래, 네 말대로 이제야 머리가 돌아가는 것 같아. 내가 멍청했어. 너무 널 믿었어. 아니! 널 충분히 이용할 수 있을 거라고 생각했지. 그런데 애초에 손바닥 위에서 놀고 있던 건, 네가 아니라 나였군."

"이제라도 알았으니… 어떻게, 장하다고 박수라도 쳐줄까?"

"너… 죽여 버린다."

"네가 나를? 지나가던 개가 웃겠군."

시긴이 손가락을 딱! 튕겼다.

그러자 텅의 뒤편에서 살가죽이 뜯기고 뼈가 부러지는 섬뜩한 소리와 함께.

"으아아아악!"

"으가악! 아악! 크아아아아악!"

"사, 살려줘어어억!"

사람들의 비명 소리가 들려왔다.

텅은 뒤돌아보지 않았다.

지금 이 상황에서 자신이 할 수 있는 일은 아무것도 없었
다.

생각지도 못한 기습이었던 만큼, 아무런 방비책을 준비해
두지 않았다.

아니, 그런 걸 해두었다 하더라도 시긴에겐 통하지 않았을
것이다.

"널… 지옥에서 저주해 주마."

텅은 차라리 웃었다.

자조적인 미소를 물고서 한 손에 든 칼로 스스로의 목을 찔
렀다.

"크흐……!"

홉 뜨여진 그의 눈에 핏발이 섰다.

텅은 끝까지 시긴을 노려보며 무릎을 꿇었다.

툭. 투투툭.

뚫린 목에서 흘러내린 피가 바닥에 떨어졌다.

이윽고.

털썩.

텅의 몸도 쓰러졌다.

시긴이 텅의 시체를 발로 걷어찼다.

멀리 날아가 데굴거리며 홀을 구르던 그의 육신을 키메라

한 마리가 다가와 우적거리며 씹어 먹었다.

시긴은 품에서 마법스크롤을 하나 꺼냈다.

마법스크롤 안에는 텔레포트 마법을 살짝 개조한 '포지션 텔레포트' 마법이 각인되어 있었다.

포지션 텔레포트는 마법스크롤을 찢어 발동시키는 순간, 그 위치에 텔레포트 마법진을 형성시켜 버린다.

부우우욱.

시긴이 마법스크롤을 찢었다.

그러자 그의 앞에 동그란 마법진이 그려지더니 환한 빛을 발했다.

텔레포트 마법진이 눈 깜짝할 새 생겨났다.

시긴은 키메라에게 학살당하는 다크웬의 인간들을 보며 텔레파시 마법으로 아스크에게 연락을 취했다.

─전하. 텔레포트 마법진이 완성되었습니다.

그러자 아스크에게 대답이 들려왔다.

─마쿠찬에 도착했다.

─도시 서쪽 외곽에 동 떨어진 폐가가 있습니다. 그 뒤편에 텔레포트 마법진을 만들어 놓았습니다. 그것을 이용하시면 왕성의 홀로 이동하실 수 있을 것입니다.

─알겠다.

아스크와의 텔레파시가 끊긴 뒤, 잠시 후.

화아아아아아악!

시긴의 앞에 있던 마법진에서 맑은 빛이 뿜어 나왔다.

빛이 사라진 자리에는 아스크와 어둠의 사자들이 모습을 드러냈다.

이미 홀에 있는 인간들은 키메라들에게 대부분 물어뜯긴 이후였다.

피비린내가 풀풀 풍기는 광경을 지켜보던 아스크가 차가운 미소를 물었다.

그런 아스크의 앞에 시긴이 무릎 꿇었다.

"신 시긴이 전하를 뵙습니다."

"일어나, 시긴."

시긴이 일어나니, 아스크가 그의 어깨를 두들겼다.

"고생했어."

"성은이 망극하옵니다, 폐하."

"자 그럼… 본격적으로 놀아보자고."

아스크가 앞장서서 홀을 나섰다.

그 뒤를 시긴과 어둠의 사자들, 그리고 오천의 키메라 군단이 따라 움직였다.

*   *   *

다크웬의 내부로 침투한 것은 아스크와 어둠의 사자들이 전부였다.

그러나 다크웬의 외부에는 이미 게르갈드의 10만 대군이 빼곡 둘러싼 채 모든 관문을 차단하고 있었다.

그들은 아스크가 예고했던 시간이 되자 일제히 다크웬으로 들이닥쳤다.

밖에서는 흑마법사들이, 안에서는 아스크와 키메라들이 다크웬의 범죄자들을 학살해 나갔다.

우두머리를 잃어버린 다크웬의 병사들은 제대로 된 저항 한 번 해보지도 못한 채 속수무책으로 죽음을 맞았다.

결국 전쟁 같지도 않은 전쟁이 벌어진 지 한 달 만에 다크웬은 멸망하고 말았다.

그 소식은 빠르게 대륙 전역으로 퍼져 나갔다.

게르갈드는 완벽하게 정복한 다크웬의 땅덩어리를 그들이 갖지 않고 본래 그 곳에 살았었던 이들에게 다시 돌려주었다.

그러자 텅의 공포정치 속에 어쩔 수 없이 그를 따르며 하나로 뭉쳤던 이들은 이제 진정으로 한 무리가 되어 새로운 주군을 선출했다.

그전처럼 각각의 나라를 다시 세우기엔 너무 많은 것을 잃었기 때문이다.

어찌 되었든 이로써 대륙 공적이 되었던 다크웬은 마도국 게르갈드에 의해 완전히 사라지게 되었다.

아울러 다크웬을 정벌하고, 그 땅을 다시 원래 가졌어야 할 이들에게 돌려준 마도국의 활약은 여러 국가들의 마음을 움직였다.

마도국의 국왕이 바뀌더니 마도국의 성향도 전과 많이 달라졌다는 말들이 여기저기서 흘러나왔다.

심지어 마도국은 아스크가 왕좌를 차지한 이후 지금껏 단 한 번도 문제를 일으키지 않았었다.

그렇다 보니 이제는 마도국에게 내려진 대륙공적이란 딱지를 떼야 하는 것이 아니냐는 의견을 내놓는 이들도 있었다.

처음엔 간간이 흘러나오던 얘기들이 시간이 갈수록 우후죽순 터져 나왔다.

다크웬 정벌 이후, 한 달이 지난 시점엔 제국에 공식적으로 마도국에 대한 대륙회담을 진행하자는 안건이 몰려들었다.

결국 바할라스 드류세난 황제는 대륙력 373년 3월 대륙회담을 진행했고, 그 회담에서 마도국은 대륙공적의 꼬리표를 떼게 되었다.

*　　　*　　　*

"감축드리옵니다, 전하!"

시긴이 어좌에 앉은 아스크를 향해 큰절을 하며 외쳤다.

그러자 다른 모든 관료대신들도 일제히 절을 올리며 재창했다.

"감축드리옵니다, 전하!"

아스크가 거만하게 다리를 꼰 자세로 고개를 끄덕였다.

"다들 고개를 들어라."

모든 신하들이 고개를 들어 올리자, 아스카가 다시 입을 열었다.

"그래, 충분히 감축 받을 만한 일이지. 게르갈드가 더 이상 대륙공적이라는 이름으로 불리지 않게 되었으니까. 이번 일의 가장 큰 공로자는 누가 뭐라 해도 시긴이다. 난 시긴에게 고마운 마음을 전하고 싶다. 그리고 너희들에게도 마찬가지로 고마운 마음을 전하는 바야. 물론 내가 두려워서 그랬겠지만, 사고치지 말라는 명을 철저히 지켰으니 말이야."

맞는 말이다.

아스크는 절대적인 카리스마로 게르갈드를 휘둘렀다.

그 누구도 아스크의 말을 거역할 수 없었다.

처음에는 갑갑한 면도 없잖아 있었다.

애초부터 규칙 속에 갇힌 삶이라는 것을 모르는 이들이 마도국의 사람들이었다.

한데 지금에 와서는 그 생각이 완전히 바뀌었다.

혹마법사들은 거의 대부분이 마도국 내에서만 생활해 왔다.

대륙공적인 이상 타국에 갔다가 혹여 정체라도 발각당하면 그 자리에서 척살 당하기 때문이다.

하나 이제는 그럴 염려가 사라졌다.

그들은 어디에서도 당당하게 자신이 혹마법사라 밝힐 수 있게 되었다.

세상의 법칙에 얽매이지 않는 삶도 자유로웠지만, 스스로를 감추지 않아도 된다는 사실이 더욱 큰 자유를 안겨 주었다.

그들도 사람인데 어찌 마도국에서만 갇혀 평생 살아가기를 원할까?

개 중에서는 타국의 사람과 사랑에 빠진 이도 있고, 어쩌다 보니 혹마법사가 되어 가족과 떨어져 마도국으로 숨어든 이들도 있었다.

이제는 어쩔 수 없이 키워오던 사랑을 접어야 하는 일도, 가족과 생이별을 해야 하는 일도 생기지 않을 것이다.

괜한 문제만 일으키지 않는다면 어디서든 터를 잡고 살아갈 수 있게 되었다.

그 모든 것이 아스크의 덕이었다.

마도국의 사람들은 비로소 그들이 섬겨야 할 진정한 주군을 맞이하게 된 기분이었다.

*   *   *

아스크는 자신의 방에서 홀로 술을 즐기고 있었다.

오늘 같은 날, 술 한잔이 빠져서야 말이 되겠는가.

물론 왕성의 홀에서도, 파티는 한창이었다.

하지만 아스크는 혼자서 이 밤을 맞고 싶었다.

지금은 시긴도 곁에 없었다.

마도국은 전국적으로 축제의 분위기였다.

아스크는 발코니로 나가 불야성을 이루는 수도를 축복했
다.

"멋져."

그가 손에 넣은 게르갈드도, 그를 따르는 이들도, 그리고
본인도, 충분히 멋졌다.

그런데 그때.

"그래, 멋지군."

초대 하지 않은 손님이 찾아왔다.

아니, 어쩌면 초대하고 싶었는지도 모른다.

이 밤을 유일하게 나눠도 좋았을 단 한 사람.

"아르디엔."

아스크가 고개를 돌렸다.

그는 어떠한 기척도 느끼지 못했는데, 아르디엔은 이미 곁에 서 있었다.

"약속을 지켰군."

"말했잖아. 빚지고는 못사는 성격이라고."

"엄밀히 따지자면 대륙공적이라는 딱지를 떼는데 세 달이 더 소비됐지."

"그거야 제국 놈들이 대륙회담을 늦게 열어서 그런 거고."

"…인정해 주지."

"뭐야? 인정 못한다면? 내 목을 따기라도 하겠다는 거냐?"

"나쁘지 않은 제안인데."

"이게 죽을라고."

아스크의 몸에서 다크 마나가 너울거렸다.

물론 아르디엔은 눈도 깜짝 안 했다.

순간, 다크 마나 한줄기가 아스크의 방 안으로 쏘아져 나갔다.

쐐애애애액!

그러더니 빈 술잔 하나를 짚어 발코니로 다시 돌아왔다.

아스크는 그것을 아르디엔에게 건넸다.

"다크 마나로 별 해괴한 짓거리를 다 하는군."

"안 마실 거면 꺼져."

"한잔 받지."

아르디엔이 술잔을 넘겨받았다.

아스크는 피식 웃고서 다크 마나를 거두어들인 후, 아르디엔의 잔을 채워주었다.

두 사람은 잔을 부딪히지도 않고 쭉 들이켰다.

제법 거친 알코올이 목을 타고 넘어갔다.

"어때? 맛있지? 맛없다고 하면 넌 술 맛도 모르는 쓰레기 혀를 가진거야."

"헛소리 집어치우고. 제피아는?"

"아버지는 떠났어."

"이제 아버지라고 부르는군."

"호칭따위야 어찌 되었든 신경 안 써."

"떠났다라. 네게 모든 권력을 실어주기 위해 떠난 건가."

"여전히 예리해서 재수 없어, 너."

제피아는 혹시라도 자신으로 인해 파벌이 생길 것을 염려해 마도국을 떠났다.

제피아 본인은 그럴 마음이 없다 하더라도, 한 집에 기둥이 두 개 있으면 각각의 기둥에 등을 기대는 사람들도 나뉘는 법이다.

제피아는 절대적으로 아스크를 지지하기에 누가 충돌질을 해도 넘어가지 않을 자신이 있었다.

그래도 만약의 사태를 방지하고 싶었다.

마도국이 새로 태어나는 시점에서 그것은 더 없이 중요한 일이었다.

제피아는 1년째 여행을 떠나 돌아오지 않았다.

아마 그가 스스로 생각하기에 이제 아스크가 완벽히 국왕으로서 자리를 잡았다 판단이 되면 돌아올 것이다.

아스크는 아르디엔에게 두었던 시선을 성벽 너머 보이는 도시로 돌렸다.

"아직 빚을 다 갚은 게 아니야. 너한테는 빚진 게 너무 많아. 그걸 다 갚을 때까지 어디 가서 뒈지거나 하지 마라. 알았……"

아스크가 다시 아르디엔을 바라보려는데, 이미 그 자리에 그는 없었다.

아스크는 멍하니 허공을 응시하다 미간을 찌푸렸다.

"씨팔놈."

그러고 보니 아르디엔에게 주었던 술잔도 사라져 있었다.

"내 술잔을 훔쳐가? 하여튼 재수 없는 새끼. 제 잘난 맛에 사는 새끼. 평생 욕을 처먹어도 시원찮을 새끼."

아르디엔을 저주하던 아스크가 나직이 한마디를 더 던졌다.

"…조금 더 있다 가지."

Chapter 06
하이미언 백작의 사정

페르소나 뱅가드의 서열 1위 데스페라도 세라핌은 갈수록 신경이 날카로워졌다.

그라함 왕국을 진작부터 짓밟으려 했지만, 번번이 계획이 틀어졌다.

그러다 보니 지금은 섣불리 건드리기 힘든 지경까지 가버리고 말았다.

더 이상 망설일 시간은 없었다.

그라함 왕국이 더 큰 힘을 키우기 전에 무너뜨려야 한다.

세라핌에겐 충분히 그럴 만한 힘이 있었다.

아니, 사실 얼마 전까지는 그라함 왕국을 상대로 승리를 장담할 수 없었다.

한데 지금이라면 가능했다.

세라핌의 세 가지 능력 중 한 가지 능력이 더욱 강화되었기 때문이다.

기존에 그가 갖고 있던 세 가지 능력은 우뢰(雨雷), 퍼펫(puppet), 컷(Cut)이다.

우뢰는 번개를 다루는 능력이다.

세라핌은 자기가 원하면 언제든 번개를 내릴 수 있었다.

사실 이런 건 마법사들도 충분히 가능하다.

전격계 마법이 존재하니까.

한데 세라핌의 우뢰는 이름 그대로 하늘에서 비가 내리는 것 마냥 벼락이 쏟아지게 만든다.

벼락이 떨어지는 범위는 반경 1킬로미터.

실로 어마어마한 능력이 아닐 수 없었다.

퍼펫은 사람의 정신을 조종하는 능력이다.

세라핌은 한 번에 열 명의 사람을 자기 마음대로 다룰 수 있었다.

말 그대로 퍼펫의 능력에 지배당한 이들은 세라핌의 인형이 되어버린다.

하지만 세라핌보다 정신력이 강한 사람에겐 이 능력이 잘

먹히질 않는다.

마지막으로 컷은, 공간을 자르는 기술이다.

사물을 자르는 게 아니라 공간 자체를 잘라 버린다.

그가 손가락으로 허공을 가르면 반경 100미터 안으로 원하는 공간이 잘려 나간다. 때문에 컷으로 자르지 못할 대상은 아무것도 없었다.

이 세 가지의 능력 중 업그레이드가 된 것은 바로 컷이었다.

전에는 그저 손가락으로 공간을 자를 뿐이었다.

한데 지금은 손가락에서 흘러나온 검은 구체가 반경 100미터의 안의 모든 것들을 엄청난 힘으로 끌어당겨 흡수해 버린다.

이 능력을 이용한다면 혹, 아르디엔의 힘이 세라핌을 능가하더라도 지는 일은 벌어지지 않을 것이다.

아니, 분명히 이긴다.

세라핌은 새로 업그레이드 된 컷의 이름을 블랙홀이라고 개명했다.

"블랙홀로 놈을 잡아먹어 버리면 그만이야."

아르디엔이 아니라 그보다 더한 녀석과 붙는다고 해도 지지 않을 자신이 있었다.

그런데 문제는 황제가 전쟁을 꺼린다는 것이다.

그는 급성장한 그라함 왕국에 겁을 집어먹었다. 아니 정확히는 아르디엔과 그의 드래곤 이그나이트를 두려워하는 것이었다.

"그렇다면 아르디엔을 먼저 처리해?"

세라핌은 고민했다.

홀로 하멜 공작가에 쳐들어가 아르디엔을 죽이고 그의 드래곤까지 처치한다면?

그렇게 한다고 해도 전쟁은 일어나지 않을 것이다.

바할라스 황제는 매사에 신중을 기하는 사람이다.

만약의 만약까지 생각해서 조금의 변수도 없이 확실한 승기를 잡을 수 있는 전쟁이 아니라면 일으키지도 않는다.

그러한 성격 때문에 그라함 왕국을 무너뜨릴 요량으로 첩자양성기관을 세웠던 것이다.

아르디엔도 첩자양성기관 중 하나인 라우덴의 학생이었다.

아울러 가르테아 제국으로 망명한 제피아를 페르소나 뱅가드의 일원으로 받아들여 뇌파를 가르쳤다.

그리고 몬스터를 다루는 그의 능력으로 그라함 왕국을 계속해서 뒤흔들어 놓았다.

이처럼 여러 가지 복선을 깔아놓았건만, 첩자양성기관과 그 안에 속한 학생들, 그리고 페르소나 뱅가드의 엔젤들은 모두 아르디엔의 손에 죽었다.

제피아는 페르소나 뱅가드를 배신하고 아르디엔과 손을 잡았다.

지금은 마도국으로 돌아간 이후, 아스크에게 온전한 권력을 잡도록 해주기 위해 여행을 떠난 상황이다.

아무튼 바할라스 황제가 준비했던 안배가 모두 사라져 버렸다.

그리고 그라함 왕국은 엄청난 힘을 축적했다.

제국이 그라함 왕국을 백퍼센트 제압할 수 있다고 장담하기 힘든 상황이다.

물론 페르소나 뱅가드의 힘을 믿지만, 이건 믿는 것과는 또 다른 문제다.

그런 황제의 성격을 세라핌은 아주 잘 알고 있었다.

이 상태로 가다가는 바할라스 황제가 죽기 전까지 전쟁은 일어나지 않을 판이다.

그렇다면 어떻게 해야 좋을까?

가만히 생각하던 세라핌의 가면 너머 입가에 미소가 맺혔다.

"간단하잖아. 황제를 죽이면 돼."

누군가 들었다면 놀라 까무러칠 이야기였다.

하지만 세라핌은 그런 말을 아무렇지도 않게 내뱉었다.

그가 손가락을 튕겼다.

그러자 하인 한 명이 방 안으로 들어왔다.

하인은 호리호리한 체격의 예쁘장하게 생긴 소년이었다.

남색을 즐기는 세라핌의 취향에 딱 맞는 하인이었다.

세라핌이 그 하인에게 말했다.

"라지엘을 불러 오거라."

하인은 대답 없이 고개만 숙여 보인 뒤, 다시 방을 나갔다.

잠시 후, 노크 소리가 들려왔다.

똑똑.

"라지엘이면 들어와라."

그러자 문이 열리며 황금 가면을 착용한 여인이 안으로 들어섰다.

라지엘은 타이트한 옷을 입어 육감적인 몸매가 잘 드러났으며, 가면에 썩 어울리는 금발의 소유자였다.

허리까지 내려오는 금발이 굵게 웨이브 져, 그녀가 걸을 때마다 볼륨감을 자랑하며 찰랑였다.

"무슨 일이신가요?"

라지엘이 물었다.

세라핌이 라지엘을 쳐다보지도 않고 대답했다.

"얼굴을 빼앗아야겠다."

라지엘은 헤드 헌터급의 인물로, 본래는 서열 7위였지만 서열 3위 가브리엘이 케이아스에게 죽임을 당하는 바람에 현재는 서열 6위가 되었다.

그녀는 역시 헤드 헌터인만큼 두 가지 뇌파의 능력을 활용할 수 있었다.

그중 하나가 페이스 스틸(Face Steal), 즉 얼굴을 훔치는 능력이다.

그녀는 한번이라도 본 상대방의 얼굴을 그대로 복사해서 똑같이 변할 수 있다. 얼굴뿐만이 아니라 그의 체형, 음성까지 복사가 가능하다.

페이스 스틸은 라지엘 본인에게만 사용할 수 있는 능력이 아니다.

타인에게도 사용할 수 있다.

세라핌은 지금 라지엘의 그 능력이 필요했다.

라지엘은 살짝 고개 숙여 물었다.

"누구의 얼굴을 원하시나요?"

세라핌이 서늘한 음성으로 대답했다.

"바할라스 황제."

"······!"

라지엘은 스스로의 귀를 의심했다.

이것은 반역이며, 역모를 꾀하겠다는 말밖에 되지 않는다.

"놀랐나?"

"놀랐습니다."

"그래서 날 밀고라도 할 건가?"

라지엘이 고개를 저었다.

"아닙니다."

세라핌은 라지엘이 그리 말할 줄 알고 있었다.

페르소나 뱅가드의 기사들은 이미 제국의 사람이 아니다. 모두가 세라핌의 사람이었다.

그들은 황제의 말보다 세라핌의 말을 더 따랐다.

이미 그렇게 세뇌되어 자라왔다.

세라핌이 황제를 죽이라 하면 얼마든지 죽일 수 있는 이들이었다.

"난 이제부터 황제가 되려 한다."

라지엘은 세라핌의 저의가 궁금했지만 괜히 물어보는 실수를 저지르진 않았다.

"알겠습니다. 지금 당장 황제가 되려 하십니까?"

"그래."

"그럼……."

라지엘이 한 손을 공손히 내밀었다.

세라핌이 그녀의 손 위에 자신의 손을 얹었다.

그러자 세라핌의 체형이 바뀌기 시작했다.

허리가 살짝 구부정해지고 피부에 주름이 잡혔다.

머리카락도 백발로 바뀌어 어깨까지 길어졌다.

"되었습니다."

라지엘의 말에 세라핌이 가면을 벗었다.

놀랍게도 가면 너머에 미소 짓고 있는 얼굴은 영락없는 바할라스 국왕이었다.

"크큭. 늙은 몸뚱이라 그다지 유쾌한 기분은 아니군."

입에서 나온 음성도 노인의 그것이었다.

세라핌은 완벽하게 바할라스 국왕이 된 것이다.

"이제 나가거라."

"알겠습니다."

라지엘이 방을 나가고 조용히 문이 닫혔다.

세라핌은 클클 대며 웃다가 가면을 다시 착용했다.

"그럼… 어좌에 앉으러 가볼까."

*　　　*　　　*

자정이 넘은 시간.

아르디엔은 서재에 앉아 책을 읽다 말고 무언가 깊은 생각에 빠져 있었다.

"완전체라."

완전체.

그것은 반신을 넘어선 신에 가장 가까워지는 영역.

첫 번째 하멜의 일족이자 전설의 무신인 라하트마는 아르디엔에게 이렇게 말했었다.

'자신을 완전히 버려야 나와 같은 완전체가 될 수 있을 거야.'

자신을 완전히 버려야 한다는 것.

그게 과연 무엇인지 아르디엔은 한참 동안 생각에 생각을 거듭했지만, 도통 시원하게 해결할 수가 없었다.

"완전히 버린다. 완전히……."

그 의미를 고민하며 하염없이 시간만 흘려보냈다.

그러다 갑자기 무언가 실마리가 잡힐 것처럼 가슴이 근질근질거렸다.

아르디엔은 자신이 데미갓의 영역에 들어섰을 때를 떠올렸다.

당시 아르디엔이 반신이 될 수 있었던 것은 오러를 버렸기 때문이다.

사람은 오러라는 것을 이용하는 순간부터 육신보다 오러에 더 집착하게 된다.

그렇다 보니 진정한 육신의 힘을 발휘하지 못하고 만다.

그래서 아르디엔은 오러에 집중되어 있던 시선을 몸으로

돌렸다.

이후 오러에는 신경도 쓰지 않았다.

완전히 오러를 버린 것처럼 행동했다.

그리고 인간의 몸은 발전의 한계가 있다는 고정관념도 버렸다.

그 두 가지를 버리자 육신이 우주보다 광활한 가능성을 가지고 있다는 것을 깨우쳤다.

그 순간 아르디엔은 반신의 경지에 이르렀다.

딱히 다른 훈련을 한 게 아니었다.

'깨달음.'

신의 영역이란 그것이 있어야 들어설 수 있다.

그렇다면 완전체라는 것도 다르지 않을 것이다.

라하트마가 말한 자신을 완전히 버려야 한다는 말.

그건 혹.

"육신에도 의지하지 말라는 것인가?"

아르디엔은 당장 눈을 감고 깊은 자의식 안으로 침잠해 들어갔다.

그리고 오직 한 가지 생각에만 집중했다.

육신을 버린다.

육신에 의지하던 마음을 버린다.

여태껏 아르디엔은 육신이라는 틀에 갇혀 있었다.

라하트마는 말했다.

몸은 자기 자신이 아니라, 자신의 것이라고.

맞는 말이다.

아르디엔은 육신을 자신이라 믿어왔다.

반신의 경지에 올라서도 그 생각엔 변함이 없었다.

하나, 이래서는 완전체가 될 수 없었다.

육신의 집착을 떨치지 못하는 한, 아르디엔의 의식은 더 크게 확장되지 않기 때문이다.

'버린다. 모두, 버린다.'

아르디엔은 쉼 없이 육신의 미련을 버리는데 집중했다.

그러한 과정은 사흘 밤낮이 지나가도록 계속 이어졌다.

그동안 아르디엔은 식음을 전폐하고 서재에 똑같은 자세로 앉아 눈을 감은 채였다.

모두들 그런 아르디엔을 걱정했다.

하지만 아로아는 아르디엔이 무언가 더 큰 경지에 들어서려는 경계선에 놓였다는 걸 직감할 수 있었다.

그렇게 아르디엔이 의식의 세계에 갇힌 지 일주일이 되던 날.

"......!"

어마어마한 희열이 그의 영혼을 휘감았다.

깨달음을 얻은 것이다.

아르디엔의 세포 하나하나가 이전과 전혀 다른 성질의 것으로 변하면서 초고속으로 진동했다.

그의 몸이 간질병 환자마냥 떨려왔다.

그러다 서서히 떨림이 멈췄다.

세포들의 변화가 끝난 것이다.

비로소 아르디엔은 눈을 떴다.

청아한 빛이 번뜩 하더니, 이내 그의 눈동자 안으로 갈무리되었다.

두 눈에 은은한 현기가 감돌았다.

아르디엔이 입가에 미소를 지었다.

"드디어… 들어섰다."

아르디엔은 완전체의 영역에 발을 들여 놓았다.

그것은 아주 잠깐이었다.

살짝 맛만 보고 돌아온 것이다.

하지만 한 번 그 영역에 들어섰다는 것이 중요했다.

아르디엔은 몸속의 오러를 다 배출한 뒤, 반신의 영역에 들어섰다.

전에는 데미갓이 되려면 제법 시간이 필요했는데, 의식이 더욱 높아진 지금은 한숨에 데미갓이 되었다.

의식의 발전이란 이토록 무서운 일이다.

아르디엔은 데미갓의 상태에서 원래대로 돌아왔다.

"한 번 갔다 왔으니 앞으로도 계속 가능할 테지."

완벽한 완전체가 될 수 있을 때까지 아르디엔은 멈추지 않고 수련을 할 것이다.

사실 마음 같아서는 지금 다시 수련을 하고 싶었다.

하지만 그보다 더 아르디엔을 자극하는 것이 있었다.

오래전부터 알고 싶었던 것.

지금껏 풀리지 않았던 비밀.

아르디엔은 그것을 알기 위해 서재를 나섰다.

* * *

3월의 새벽바람은 제법 매서웠다.

하지만 아르디엔에겐 아무런 문제가 되지 않았다.

"이제 전부 알아야겠어."

라하트마에게 하멜의 일족에 대한 비밀을 알게 된 이후, 죽 궁금한 것이 있었다.

전생에서 죽음에 이르기 전, 라하트마는 아르디엔에게 이런 말을 했었다.

'하이미언 백작이 고작 부인에 대한 사랑과 핏줄에 대한 그리움 때문에 널 찾은 것 같아?'

아르디엔은 오늘, 하이미언 백작의 속내를 알고 싶었다.

하이미언 백작은 그랑로드에 머물고 있다.

아르디엔이 정원을 가로질러 철문을 열고 밖으로 나갔다.

그리고 한줄기 바람을 따라 그의 모습이 사라졌다.

＊　　　　＊　　　　＊

하이미언 백작의 하루는 다른 이들보다 조금 더 빨리 시작된다.

그는 늘 자정에 잠들어 새벽 네 시 경 눈을 뜬다.

오늘도 새벽부터 일어나 정원을 가꾸다 보니 동이 텄다.

시간은 여섯 시.

황금의 백작이라 불리는 그다.

가지고 있는 재산이 어마어마한 만큼 저택도 컸고 정원도 넓었다.

세 시간 내내 정원을 가꾸었는데, 채 반도 다 손대지 못했다.

차라리 정원사를 두면 편할 텐데, 하이미언 백작은 그 일만큼은 꼭 자신의 손으로 하길 원했다.

정원은 그에게 남다른 의미가 있었기 때문이다.

사실 지금의 저택은 뼈아픈 기억이 묻혀 있는 곳이다.

하이미언 백작이 태어나서 유일하게 사랑했던 여인, 플로라가 잠든 장소였다.

그녀는 아이를 낳다가 눈을 감았다.

당시 조산실로 사용했던 방은 못질을 해 봉인해 버렸다.

하이미언 백작은 의도적으로 그 방 근처에도 가지 않는다.

플로라와의 작은 추억 하나라도 떠오를 때면 밤새 열병을 앓았기 때문이다.

그래서 떠나고 싶었다.

저택과 함께 그 안에 남아 있는 플로라와의 추억도 버리고 싶었다.

하지만 또 한편으로는 그러기 싫었다.

플로라의 모든 것이 잊힌다는 걸 받아들이기 힘들었다.

아이러니한 상황이었다.

하이미언 백작도 자신의 마음을 알 수 없었다.

저택을 떠나지도, 마음 편히 머물지도 못했다.

그가 깊은 잠을 못 이루고 늘 새벽에 깨어나는 건, 똑같은 악몽에 시달리기 때문이다.

플로라를 떠나보낸 이후, 하이미언 백작은 단 한 번도 하루 네 시간 이상 눈을 부쳐본 적이 없었다.

그렇게 곪아터진 마음으로 살다보니 건강이 좋을 수가 없었다.

날이 갈수록 하이미언 백작의 건강은 악화되었다.

일 년 전까진 그래도 무리 없이 거동은 할 만했는데, 지금은 아침에 정원을 가꾸고 나면 하루 종일 시름시름 앓는다.

그럼에도 정원을 가꾸는 일은 그만둘 수가 없었다.

"으으음……."

오늘도 정원을 돌본 뒤, 녹초가 된 몸을 이끌고 겨우 자신의 방으로 돌아왔다.

문을 열고 안으로 들어서 소파에 몸을 묻는 순간 하이미언 백작은 소스라치게 놀랐다.

누군가가 그의 방에 있었던 것이다.

"…누구냐."

하이미언 백작이 마음을 진정시키고 물었다.

그러자 등을 보이고 서 있던 불청객이 천천히 몸을 돌렸다.

이후 드러난 얼굴에 하이미언 백작은 또 한 번 놀라고 말았다.

"하멜… 공작?"

"오래간만입니다."

"아니 이게 지금 무슨 무례한 짓이오?"

하이미언 백작이 노기 어린 음성으로 그를 꾸짖었다.

전 같았다면 하대를 했겠지만, 지금은 그의 위치가 공작이

니만큼 그럴 수 없었다.

"무례한 행동을 해서 죄송합니다."

"그걸 아는 분께서 지금……!"

하이미언 백작은 뭐라고 소리치려다 머리가 핑 도는 걸 느끼고 그만두었다.

"가보시오. 지금은 내가 화도 내기 힘든 입장이오."

"꼭 듣고 싶은 이야기가 있어서 찾아왔습니다."

"가보라고 했잖소."

"들어야겠습니다."

"지금 날 우롱하는 것이오!"

기어코 하이미언 백작이 고함을 질렀다.

몸만 성하다만 손에 잡히는 건 무엇이든 집어 던지고 싶은 심정이었다.

하지만 그런 하이미언 백작의 분노는 오래가지 못했다.

"절 버렸던 분이 왜 다시 찾으려 하는 것입니까."

"…뭐?"

하이미언 백작은 자신이 화가 났다는 사실을 까맣게 잊었다.

반대로 그의 머릿속은 하얘졌다.

찰나지간 수많은 감정들이 폭발하는 화산마냥 솟구쳐 제들 마음대로 뒤섞였다.

혼란.

그 한 단어가 지금 하이미언 백작의 상태를 가장 잘 대변해주었다.

"지, 지금 무슨 말을……."

심장이 너무 뛰어서 제대로 떨어지지도 않은 입을 억지로 움직였다.

아르디엔이 말했다.

"제가 아버지라고 불러드려야 이 상황을 제대로 인지하시겠습니까?"

"……!"

하이미언 백작의 턱이 덜덜 떨려왔다.

"아버지? 지금… 아버지라고 그랬나?"

"사실 당신에게 아버지라는 호칭은 어울리지 않습니다. 자기 자식을 낳자마자 버렸으니."

"그렇다는 건 네가……."

"전 어머니의 이름도 모릅니다. 당신이 내 아버지라는 것도 나중에서야 알게 되었죠. 하지만 두 사람 사이에서 태어난 아이가 나라는 것은 증명할 수 있습니다."

아르디엔이 왼쪽 어깨의 소매를 북 찢었다.

그러자 선명한 용의 반점이 드러났다.

이를 본 하이이먼 백작의 눈이 홉떠졌다.

"용의… 반점."

그것은 자신의 아이에게 있었던 그 반점이 맞았다.

"네가… 그럼 네가 정말로……."

하이미언 백작은 그 다음 말을 어찌 꺼내야 할지 알 수 없었다.

아르디엔은 태어나자마자 이름도 받지 못한 채, 내다 버려졌다.

아르디엔이라는 이름은 마타츠, 그러니까 라하트마가 아르디엔을 거두어들인 뒤, 지어준 이름이었다.

"친자관계는 이것으로 확인된 것 같군요."

"……."

너무나 냉정한 아르디엔의 음성에 하이미언 백작은 말문이 턱 막혔다.

그는 지금 헐벗은 죄인이 된 것만 같았다.

아르디엔이 죄인에게 추궁했다.

"절 매몰차게 내보낼 때는 언제고, 지금은 왜 다시 찾으려 하는 것입니까."

"내가 널… 찾는 건 어찌 알았느냐."

"너무나 복잡하고 커다란 사건들이 많이 있었습니다. 다 설명하기엔 여러모로 어려운 점이 많으니 간단히 얘기하죠. 저는 어떠한 계기로 인해 제 과거를 알게 되었습니다. 제가 하멜의 일족과 인간 사이에서 태어난 혼혈아라는 것, 그리고 태어나자마자 버려졌다는 것."

"그럼… 당시 상단의 이름을 하멜이라고 지었던 것은 역시……?"

"하이미언 백작님께서 절 찾아오셨을 때 물었었죠. 상단의 이름이 매우 인상적인데, 하멜이라는 이름을 어디서 들어본 적이 없었느냐고. 그것으로 확신했습니다. 하이미언 백작이 절 버린 아버지일 것이라고."

거짓말이었다.

이미 아르디엔은 하이미언 백작과 스스로의 관계에 대해서 익히 알고 있었다.

하지만 지금 하이미언 백작에겐 있는 그대로의 사실을 밝히기는 힘들었다.

이미 자신은 지금 이후의 시간을 경험했었고, 죽음의 순간 과거로 회귀했다는 걸 어떻게 믿겠는가.

.그래서 거짓을 섞어 말했다.

하이미언 백작은 너무나 혼란스러운 상황이었기에 아르디엔의 얘기 속에서 이런저런 꼬투리를 잡지 않았다.

다만 그에겐 지금 이 순간이 그저 힘들었다.

"그래… 그래서 내가 네 아버지라는 걸 알았구나."

"이제 다시 묻죠. 왜 나를 찾아 왔던 겁니까. 혹여라도 자

신의 아들일지 모르겠다라는 기대감을 왜 갖고 있었던 겁니까?'

하이미언 백작은 깊은 생각에 빠진 얼굴로 허공을 응시하다가 한숨을 내쉬었다.

"하아아아아. 그래, 얘기해 주마. 네게 전부 다 얘기해 주마."

그렇게 하이미언 백작의 사정이 흘러나왔다.

Chapter 07
전쟁의 명분

시절은, 바헬신의 힘이 약해지며 더 이상 하멜의 일족이 태어나지 않기 시작할 무렵이었다.

하멜의 일족은 무슨 돌림병이라도 걸린 듯 단체로 시름시름 앓다가 죽어나가기 시작했다.

그 안에서 유일하게 목숨을 부지한 건, 이미 완전체가 되어버린 라하트마와 아름다운 여인 플로라밖에 없었다.

라하트마는 하멜의 일족이 이렇게 멸망의 길을 걷는 걸 두고 볼 수 없었다.

그런데 우연히도 그 무렵 플로라가 인간과 사랑에 빠졌다.

하멜의 일족은 인간들과의 교류를 즐기지 않았다.

오로지 그들의 울타리 안에서 부족원끼리만 관계를 나누며 살아왔다.

이번 같은 경우는 플로라가 유일했다.

하지만 오히려 잘된 일이었다.

바헬신이 사라져가는 지금, 플로라가 인간과 사랑에 빠진 것은 하멜의 일족이 멸망당하지 않을 절호의 기회였다.

라하트마는 플로라의 사랑을 막지 않았다.

플로라 역시 라하트마가 어떠한 생각으로 자신을 제지하지 않는 것인지 짐작할 수 있었다.

플로라를 사랑한 남자는 세레넬 드 하이미언 백작이었다.

올해 스물 중반의 나이로 훤칠한 키와 뚜렷한 이목구비, 그리고 금발의 머리가 멋진 사내였다.

더불어 젊은 나이인데도 불구하고 축적해 놓은 재산이 많아 황금의 백작이라고도 불리었다.

플로라는 자신이 사랑하게 된 남자에게 모든 진실을 알려주는 게 예의라고 생각했다.

그래서 그녀가 인간과는 다른 일족이며, 특별한 능력을 가지고 있다는 것을 털어놓았다.

하멜의 일족인 그녀가 가지고 태어난 능력은 바로 레져렉션(resurrection)이었다.

레져렉션은 타인의 상처를 치료해줄 수 있다.

그뿐 아니라 죽어가는 이에게 생명을 불어넣을 수도 있었다.

하지만 문제는 그 능력을 사용할수록 스스로의 수명은 점점 줄어들어 간다는 것이다.

그래서 지금껏 레져렉션을 타인에게 사용해본 적은 한 손에 꼽을 만큼 적었다.

그러나 얼마 전부터는 플로라 자기 자신에게 계속 레져렉션을 사용하고 있었다.

바헬신의 힘이 약해진 이후, 플로라는 몸 안의 장기가 계속 망가지는 것을 느꼈다.

그때마다 레져렉션의 힘을 이용해 치료했지만, 얼마 못가 또 다른 장기들이 망가지곤 했다.

다른 하멜의 일족들은 이런 식으로 속의 장기부터 망가지다가 나중엔 죽음에 이르게 된 것이 분명했다.

플로라는 죽지 않기 위해 레져렉션의 힘을 사용했다.

그런데 아이러니하게도 레져렉션은 사용할 때마다 그녀의 생명을 깎아먹게 된다.

즉, 플로라는 죽음의 시기를 늦출 수 있을 뿐, 멀쩡히 살아가기는 힘든 몸이 되어버린 것이다.

그러한 사실 역시도 그녀는 하이미언 백작에게 털어놓았다.

하이미언 백작은 그런 플로라를 가여워하며 더욱 품에 안아주었다.

그렇게 두 사람이 같이 지낸지 1년이 되어가던 해.

플로라의 뱃속에 아이가 들어섰다.

두 사람은 세상을 다 가진 것 같은 기분에 사로잡혔다.

하이미언 백작은 어떻게든 아이를 낳아서 잘 키워보자고 플로라에게 말했다.

그런데 문제는 그때부터였다.

플로라의 장기는 계속 망가지는 상황이었고, 그렇다 보니 태아에게 영양 공급이 제대로 되지 않았다.

플로라가 장기가 망가질 때마다 레져렉션으로 치료를 하고 있었지만, 한참 조심하고 신경 써줘야 할 태아에겐 그것조차도 해가 되었다.

게다가 더 큰 문제는 태아가 어느 정도 다란 다음부터는, 태아의 육신 자체에도 상처가 나기 시작했다는 것이다.

플로라는 태아가 크게 다치지 않도록 열심히 치료해 주었다.

그럴수록 점점 플로라의 수명은 줄어들어 갔다.

시간이 갈수록 수척해지는 플로라가 하이미언 백작은 안쓰러웠다.

하지만 플로라는 아이에게 엄청난 애정을 보냈다.

해서, 하이미언 백작도 하고 싶은 말을 꾹 참고 그녀를 독려해 줬다.

그런데 임신 9개월에 들어서던 때, 각혈까지 해대는 플로라를 보며 하이미언 백작은 결국 참지 못하고 속내를 말했다.

"그냥 아기를 포기해요, 플로라."

플로라는 사색이 되어 고개를 저었다.

"그럴 순 없어요. 저한텐 정말 소중한 아이에요. 이 아이가 없으면 제 삶도 아무 의미가 없어요."

그 말은 하이미언 백작에게 제법 충격으로 다가왔다.

"아무 의미가 없다니요? 내가 있잖아요?"

"그런 뜻이 아니에요. 제 심정을 당신은 이해하지 못할 거에요."

"플로라!"

"…미안해요. 전 아이를 낳아야겠어요."

"……"

플로라가 이처럼 고집을 부리니 결국 하이미언 백작도 그녀의 뜻을 들어줄 수밖에 없었다.

임신 10개월에 들어섰다.

이제 순산 예정일이 얼마 안 남았다.

그런데 밤새 고열에 시달린 어느 날 아침, 플로라는 뱃속의 아이가 유산 직전의 상태에 놓였다는 걸 알았다.

'안 돼……!'

플로라는 아이에게 레져렉션을 사용했다.

숨이 거의 끊어져 가던 아이는 레져렉션의 힘을 받아 점차적으로 상태가 호전되기 시작했다.

그러다 플로라의 힘이 다하는 순간.

아이는 건강하게 치료가 되었다.

동시에 밖으로 나오려 했다.

플로라가 산통을 느끼며 식은땀을 흘렸다.

하이미언 백작은 그녀를 산실로 옮겼다.

이미 보름 전부터 하이미언 백작가에서 머물고 있던 산파도 산실로 향했다.

산파와 하인들 다섯이 플로라의 출산을 도왔다.

장장 8시간의 진통 끝에 플로라는 아이를 낳게 되었다.

"응애애애애~! 응애애애애애~!"

아이의 울음소리는 엄청났다.

하이미언 백작이 그 아이를 품에 안고서 밝게 웃으며 말했다.

"아들이구나! 아들이야! 플로라, 이것 보세요. 우리 아들이에요! 우리 아들이……!"

웃음 섞인 음성으로 그리 말하던 하이미언 백작은 플로라의 상태가 이상하다는 것을 느꼈다.

그녀의 얼굴엔 미소가 어려 있었다.

피부는 너무나 창백했다.

"플로… 라?"

하이미언 백작이 아이를 산파에게 맡기고서 플로라의 얼굴을 쓰다듬었다.

그녀의 피부는 얼음장 같이 차가웠다.

순간 하이미언 백작의 심장이 덜컹 내려앉았다.

"플로라… 아니지? 아니잖아, 그렇지? 이런 건… 이건… 정말 아니잖아? 플로라? 플로라! 플로라아아아아아아아!"

하이미언 백작은 싸늘히 식은 플로라를 품에 안고 밤새도록 눈물을 흘렸다.

울다 울다 탈진해서 깨어났을 땐, 플로라의 시신은 잘 안치되어 있었고, 그녀가 생명을 다해 출산한 아이는 새근거리며 단잠에 빠져 있었다.

하이미언 백작은 제 어미를 잡아먹고 나온 주제에 너무나 평안한 얼굴로 자고 있는 아이가 꼴도 보기 싫었다.

그는 당장 아이를 내다 버리라 명했다.

아르디엔은 그렇게 버려졌고, 라하트마의 손에 거두어졌다.

*　　　*　　　*

하이미언 백작의 긴 이야기가 잠시 끊겼다.

아르디엔은 커다란 동요 없이 그저 담담하게 그의 얘기들을 받아들였다.

"후… 그땐 내가 멍청했지. 그렇게 널 버리는 게 아니었는데. 사랑하는 사람을 잃었다는 생각에 정신이 없었어."

"그래서 그게 후회되어 절 다시 찾으려 했다는 겁니까?"

"…그렇다고 말해주고 싶으나, 내가 워낙 솔직한 사람이다 보니 거짓은 말 못하겠구나."

순간 라하트마가 해줬던 말이 떠올랐다.

'하이미언 백작이 고작 부인에 대한 사랑과 핏줄에 대한 그리움 때문에 널 찾은 것 같아?'

하이미언 백작이 아르디엔을 찾은 것엔 결국 다른 이유가 있었다는 것이다.

플로라에 대한 그리움은 묻어두고, 자식을 내쫓은 미안함은 접어두고, 그렇게까지 하면서도 아르디엔이 필요했던 이유.

하이미언 백작은 조금 뜸을 들이다 어렵게 말을 꺼냈다.

"네게도… 그 능력이 있느냐?"

"네?"

"플로라… 네 어미처럼 사람을 치유하는 레져렉션의 능력이 있느냐 말이다."

"…그걸 왜 물어보시는 겁니까."

"내가… 불치병에 걸렸다."

"……."

아르디엔의 표정이 급속하게 싸늘해졌다.

하이미언 백작은 면목이 없어 자조적인 미소를 깨물었다.

"그동안 이 병을 고치기 위해 별의별 수를 다 써봤다. 하지만 마음에서부터 온 병이라 그런지 쉽게 치료되지가 않더구나. 신전의 성수를 들이부어도, 힐링 포션으로 목욕을 해도 결국 병의 진행만 막아낼 뿐, 근원적인 치료는 되지 않았다. 난 지금 온몸의 근육이 조금씩 굳어가고 있단다. 하루하루 아주 느리게. 이러다 보면 몇 년 뒤엔 나무처럼 딱딱해져 숨이 멎어 있겠지."

"지금 절 찾은 이유가 당신의 병을 치료하기 위함이라 말하는 겁니까?"

"플로라는 가능했단다. 그 어떤 병이든 못 고치는 것이 없었다. 아무리 심한 상처도 전부 치료했었단다. 그런데 넌 나와 플로라 사이에서 태어난 아이가 아니더냐. 하멜의 일족이라면 전부 그런 힘을 가지고 있는 게 아니더냐?"

하이미언 백작은 하멜의 일족에 대해서 크게 잘못 알고 있었다.

하멜의 일족은 모두가 가지고 태어나는 능력이 다르다.

그런데 다들 플로라와 똑같은 능력을 가지고 있다 생각한 것이다.

플로라는 하이미언 백작에게 자신의 하멜의 일족이며, 인간과 다른 신을 섬기고 레져렉션이라는 능력이 있다라는 정도로 설명을 해놓은 터였다.

다른 이들은 모두 자신과 다른 능력을 가지고 태어난다는 말은 하지 않았다.

하이미언 백작은 그 때문에 아르디엔도 플로라와 같은 능력을 물려받았을 것이라 생각한 것이다.

그리고 아르디엔을 찾았던 이유는 그 능력으로 자신의 병을 고치기 위함이었다.

아르디엔의 주먹이 힘껏 쥐어졌다.

'그럼 전생에 자신의 자식을 찾겠다고 전국에 공고를 했던 것도……'

병일 고칠 수단이 필요했던 것이다.

입 안이 참 썼다.

하이미언 백작은 분노하는 아르디엔에게 조심스레 물었다.

"어떠하냐. 네게도 그런 능력이… 있는 것이냐?"

아르디엔이 감정이 모조리 빠져나가 건조한 음성으로 대답했다.

"없습니다."

"없다니? 그럴 리가……."

"하멜의 일족은 모두 다른 능력을 가지고 태어납니다."

"다, 다른 능력을… 가지고 태어난다고?"

"그렇습니다."

"그럼 네 능력은 무엇이냐?"

"타임 슬립. 과거로 돌아갈 수 있습니다."

"과거로… 돌아갈 수 있다고? 그, 그렇다면! 나, 나를 과거로 돌려다오! 아직 플로라가 살아 있던 그때로! 그녀가 널 잉태하기 전으로 돌려다오!"

아르디엔의 이마에 힘줄이 불뚝 거리며 솟구쳤다.

그는 최대한 자신을 억누르며 단어 한 자 한 자를 씹어 뱉었다.

"타임 슬립의 능력은 본인에게만 사용할 수 있고, 딱 한 번, 죽음을 맞을 때 발동됩니다. 그리고 전 이미 한 번 죽음을 맞았습니다."

"…뭐? 그럼… 그 말은… 넌 미래에서 왔다는 말인 것이냐?"

아르디엔은 이제 더 숨길 게 없었다.

처음에는 하이미언 백작이 이런 얘기를 다 허황된 것으로 치부할 것이라 생각했다.

한데, 정말 허황된 인간은 바로 그 자신이었다.

"네. 미래에서 왔습니다. 전 미래를 봤고, 그 미래를 바꾸기 위해 지금껏 노력해 왔습니다."

"네가… 네가 돌아온 때가 언제냐."

"대륙력 377년. 앞으로 4년 후입니다."

"그때… 내가 이 세상에 살아 있더냐?"

아르디엔이 일말의 망설임도 없이 고개를 저었다.

하이미언 백작의 얼굴이 와락 구겨졌다.

"당신은 이미 죽고 없습니다."

"내가… 내가 세상에… 없다고……?"

"죽음을 맞기 전, 당신은 자신의 아들을 찾겠다고 전국에 방을 뿌립니다. 하지만 끝끝내 아들을 찾지 못한 채 죽고 맙니다. 전 그때 당신이 정말로 핏줄이 그리워 아들을 찾는 거라 생각했습니다. 한데 그게 아니었군요. 단지… 자기 자신이 더 살아보고자 자식을 찾는 거였군요."

"……."

하이미언 백작은 입을 다물었다.

더 할 말이 없었다.

미리 알아버린 자신의 미래는 충격적이었고, 아르디엔에게는 그저 미안함만이 가득했다.

꿀 먹은 벙어리가 된 하이미언 백작을 노려보던 아르디엔이 이를 빠득 갈았다.

그가 왕가의 검 그랑벨을 꺼내들었다.

하이미언 백작은 흠칫하며 아르디엔을 바라보더니 이내 편안한 얼굴이 되어 고개를 끄덕였다.

"그래, 네 하고 싶은 대로 하거라. 이런 못난 애비를 보니 속이 뒤집힐 만도 하겠지. 어찌 보면 지금 네 손에 죽는 것이 더 나을지도 모르겠구나."

아르디엔은 검을 높이 들어 올렸다.

하이미언 백작이 모든 것을 체념한 듯, 눈을 감았다.

그랑벨의 검날에 거대한 기운이 맺혔다.

그 기운은 반신의 경지에 오른 이들만이 다룰 수 있는 초월의 힘이었다.

아르디엔이 이그나이트를 상대로 비기 진공참을 사용할 때, 지금처럼 검에 힘을 집중시켰었다.

"베거라."

하이미언 백작이 나직이 말했다.

그와 동시에 아르디엔이 검을 휘둘렀다.

순간.

쐐애애애애애애액!

하이미언 백작에게 무섭게 날아간 기운이 그의 육신 안으로 스며들었다.

"음……!"

몸이 조각나는 고통을 예상하고 있던 하이미언 백작은 그와 정반대의 상황에 놀라 눈을 떴다.

고통이 일기는커녕 차고 넘치는 생명의 기운이 그의 전신으로 가득 퍼져 나갔다.

"이건……?"

파도처럼 그의 몸 안을 휩쓸어 버린 기운이 세포 하나하나에 녹아내렸다.

그러자 조금 전까지만 해도 뻐근했던 근육의 피로들이 모두 씻겨나갔다.

하이미언 백작은 영문을 몰라 아르디엔을 바라보았다.

아르디엔은 천천히 검을 검집에 넣었다.

그가 쏘아 보낸 것은 상대를 베어버리는 진공참이 아니었다.

마리엘을 죽음에서 되살려 주었던 순수한 초월의 힘 자체를 하이미언 백작에게 전해준 것이다.

인간의 육신을 초월하는 그 힘은 하이미언 백작의 불치병을 단숨에 치료해 주었다.

"이제 지금껏 앓던 병으로 눈을 감을 일은 없을 겁니다."

"아르디엔… 설마…….."

"하멜의 일족이기에 가능한 일이 아닙니다. 제가 타고난 능력이 아니란 얘깁니다. 그것은 세상을 살아가며 오랜 수련을 거듭해 얻게 된 또 다른 힘입니다."

"그럼… 내 병이 전부 나았다는 말이냐?"

"깨끗이."

"아… 아아… 아아아아……!"

하이미언 백작이 그 자리에서 무릎을 꿇었다.

털썩!

그리고는 고개를 푹 숙인 채 닭똥 같은 눈물을 펑펑 쏟아냈다.

"고맙다… 고마워. 그리고 미안하다. 난… 난 너한테 보잘 것 없는 아비였는데, 넌 나를 이렇게 살려주는구나."

"결코 당신을 용서해서 그런 건 아닙니다."

아르디엔이 하이미언 백작에게서 등을 돌렸다.

그리고 발코니 쪽으로 천천히 걸음을 옮기며 말했다.

"만약… 제 어머니가 정말 당신을 사랑했다면… 제게 당신을 살려달라 부탁했겠지요. 당신은… 절 낳아준 제 어머니에게 평생 감사하며 살아가면 됩니다."

"…아르디엔."

하이미언 백작이 고개를 들었다.

그런데 이미 아르디엔은 그 자리에 없었다.

대신 활짝 열린 발코니의 문 너머로 차가운 바람만 흘러 들어올 뿐이었다.

"아르디엔……."

하이미언 백작은 차마 일어서지 못하고서 계속 눈물을 쏟아냈다.

"플로라… 고맙소. 정말 고맙소, 플로라… 당신은 죽어서도 날 지켜주는구려."

그렇게 부자 간의 연은 완전히 끊어졌다.

*　　　*　　　*

대륙력 373년 4월.

제국에 전대미문의 사건이 발생했다.

제국의 남쪽 국경관문이 테러를 당한 것이다.

본래는 튼튼한 성벽으로 둘러쳐져 있어야 할 관문은 산산조각이 나 폐허를 방불케 했다.

아울러 성벽을 지키던 병사와 기사들도 모조리 죽임을 당했다.

이런 테러를 자행한 이들은 놀랍게도 그라함 왕국의 사람들이었다.

스스로를 그라함 왕국의 용감한 국민이라 밝힌 일천의 돌격대는 예고도 없이 제국의 남쪽관문으로 들이닥쳤다.

그리고 이것은 그라함 왕국의 경고라는 말과 함께 국왕 전하 만세를 외치며 품에 지니고 있던 마법스크롤을 찢어댔다.

마법스크롤 안에 인챈트 되어 있던 마법은 엄청난 파괴력을 자랑하는 6써클급의 화염계 마법이었다.

마법이 발동되는 순간, 그것을 찢은 사람을 중심으로 주변 300미터에 엄청난 폭발이 인다.

오로지 상대에게 엄청난 피해를 주기 위한 마법으로서 이것을 찢은 이 역시 무사할 수는 없었다.

한마디로 그들은 자살 군단이었다.

천 명의 사람들이 차례차례 성벽으로 다가와 마법스크롤을 찢어대니, 굳건하던 성벽은 금세 무너졌다.

무너진 성벽 안으로 들어온 이들은 또다시 마법스크롤을 찢어 자살을 감행했다.

그렇게 천 명이 희생을 하니 남쪽 관문이 폐허가 될 수밖에 없었다.

제국은 이러한 그라함 왕국의 만행을 좌시하지 않았다.

바할라스 황제는 당장 그라함 왕국과의 전쟁을 선포했다.

그에 다른 주변국들은 모두 숨죽이며 두 국가의 눈치를 보게 되었다.

*　　　*　　　*

하멜 공작가의 회의실엔 아르디엔을 비롯, 공작가의 주요 인사들이 모여 심각한 이야기를 나누고 있었다.

"이해가 가질 않네. 아니, 왜 그런 미친 짓을 한 거야?"

마리엘이 어이가 없다는 얼굴로 고개를 저었다.

그러자 하멜 공작가 사람은 아니지만 라미안과 함께 아르디엔을 보러 왔다가 우연히 회의에 같이 참석하게 된 알버트가 입을 열었다.

"과연 그들이 정말 그라함 왕국의 사람들일까요?"

"그게 무슨 말이래?"

마렉이 모르겠다는 듯 되물었다.

알버트가 천천히 설명을 해주었다.

"그라함 왕국은 지금 크게 부족한 것도 없이 잘 살고 있는데, 뭣 땜에 제국에게 경고를 한답시고 그런 자살부대가 관문을 들이박았겠느냐 이 말입니다~"

마렉이 머리를 긁적였다.

"아니, 자기들이 그렇게 말했다잖수? 그라함 왕국 사람이라고."

"그게 아니죠~"

알버트가 검지를 좌우로 흔들었다.

"가르테아 제국은 오래전부터 그라함 왕국을 집어 삼키려고 호시탐탐 기회만 노리고 있었단 말이죠. 그런데 그라함 왕국이 갈수록 승승장구하면서 힘을 키워 나가니 더 이상 두고볼 수는 없겠다고 생각한 거죠. 하지만 그렇다고 무작정 전쟁을 일으킬 수는 없답니다~ 명분이 있어야 하는 거죠. 그냥맘에 안 든다고 밟으려 들면, 제국의 이미지는 바닥까지 추락할 겁니다."

그때 크라임이 끼어들었다.

"그래서 연극을 한 거라 이말이군."

"그렇죠."

마렉이 다시 소리쳤다.

"뭐야, 그럼? 애초에 제국한테 깽판 부린 건 그라함 왕국사람들이 아니라는 거야? 제국에서 사람 구해다가 쇼 한 거라고? 아니, 어떤 미친놈이 자기 목숨 버려가면서까지 그런 짓거리를 해?"

이번엔 라미안이 대답했다.

"아마 이미 죽음 말고는 다른 길이 없는 막막한 입장에 처한 사람들을 구슬렸을 거예요. 그들이 이 일에 참여하면 막대한 돈을 가족들에게 전해주겠다는 식의, 아니면 그와 비슷한 또 다른 어떤 거래가 오고갔겠죠."

"허어, 그걸 제안한 놈이나 그렇게 한 놈이나 완전히 미친 새끼들이네!"

그때 아르디엔이 입을 열었다.

"어찌되었든 제국은 이것으로 명분을 얻었고 그라함 왕국에게 전쟁을 선포했어. 전쟁은 막을 수 없다."

전쟁이라는 단어는 늘 무겁다.

좌중에 적막이 내려앉았다.

뜨거운 차 한잔을 마실 시간이 흐르고 난 뒤, 아르디엔이 몸을 일으켰다.

"모두 왕성으로 향한다."

*   *   *

대륙력 373년 6월 14일.

가르테아 제국은 모든 전쟁 준비를 마친 뒤, 출정 하루를 앞두고 있었다.

바할라스 국왕은 자신의 욕실에 뜨거운 물을 받아 놓고 반신욕을 즐기는 중이었다.

전쟁을 앞둔 상황에서도 그의 얼굴엔 긴장하는 기색이 전혀 없었다.

오히려 희미한 미소가 감돌았다.

그의 겉모습은 바할라스 황제였으나 속은 페르소나 뱅가 드의 데스페라도, 세라핌이었다.

라지엘이 그의 모습을 바할라스 황제로 바꿔버린 그날.

세라핌은 아무도 모르게 바할라스 황제를 죽이고 그의 행 세를 하기 시작했다.

황제를 처리하는 건 쉬웠다.

세라핌은 깨어 있는 시간은 늘 황제의 곁을 떠나지 않는다.

그는 황제의 제1 호위기사이기 때문이다.

그렇다보니 황제와 단 둘이 있게 되는 시간도 많았다.

특히나 황제가 잠이 들 시각엔 그는 황제의 곁에서 잠이 들 때까지 그를 호위한다.

즉 침실 안에 단 둘만 남게 된다는 것이다.

그런 상황이다 보니 황제의 목을 비트는 것은 개미 목을 분 지르는 것과 다름이 없었다.

황제를 죽인 뒤, 시신을 깨끗이 처리한 다음 세라핌은 전쟁 의 명분을 만들기 위해 그라함 왕국 자살부대를 만들어낸다.

이 기막힌 연기를 해낸 이들은 하나같이 인생의 벼랑 끝에 몰린 이들이었다.

어마어마한 빛을 진 채 가족의 목숨을 저당 잡힌 이들, 사 형선고가 떨어진 사형수들, 그 외에도 여러 인간 말종들을 돈으로 사서 연극을 하게 만들었다.

그들이 연극에 들어가기 전 약속한 금액의 반을 가족들에게 전하고, 죽은 뒤에 나머지 반을 다시 전해주었다.

그리 함으로써 전쟁의 명분을 만들었고, 두 달 동안 전쟁 준비를 마쳤다.

이제 그라함 왕국을 밟아 놓기만 하면 끝나는 일이다.

"조만간 얼굴을 볼 수 있겠군, 아르디엔."

세라핌은 전쟁이 승리할 것이라 확신했다.

Chapter 08
가르테아 제국 VS 그라함 왕국

아르디엔 전기

가르테아 제국과 그라함 왕국의 거리를 직선으로 이어 딱 중간 지점에 위치한 아테른 평야.

　그곳에서 두 국가의 군대는 마주쳤다.

　가르테아 제국군의 병력은 총 100만의 대군이었다.

　그 안에는 기사부터 잡다한 병직을 맡은 병사, 그리고 용병과 마법사단, 페르소나 뱅가드의 인원들이 있었다.

　그에 대적하는 그라함 왕국의 병력은 50만이었다.

　가르테아 제국의 딱 절반이었다.

　수적으로는 확실히 열세였다.

하지만 이 싸움은 애초부터 병력의 많고 적음으로 가려질 성질의 것이 아니었다.

그라함 왕국에도, 가르테아 제국에도 괴물이 살고 있다.

아르디엔과 세라핌.

결국 전쟁의 승패는 그들 중 누가 이기고 지는가에 달려 있는 것이다.

현재 가르테아 제국에서 세라핌이 황제의 역할을 하고 있다는 건 페르소나 뱅가드의 기사들만 알고 있었다.

다른 이들은 이러한 사실을 까맣게 몰랐다.

그래서 전쟁을 선포할 당시 황제의 행동에 관료대신들은 제법 놀랐었다.

아무튼 전쟁을 선포한 지 두 달이 지났고, 대군을 이끌어 출정한 지 다시 두 달이 지난 다음에야 두 국가는 마주하게 되었다.

아테른 평야에 전운이 감돌았다.

*　　　*　　　*

이번 전쟁의 총지휘관도 고르다스 대공이었다.

고르다스 대공은 갑주로 무장을 한 백마 위에 올라타 있었다.

아르디엔은 그런 대공의 옆에 두 발로 서 있었다.

고르다스 대공이 아르디엔에게 말했다.

"제국놈들은 출정 후, 마치 아테른 평야를 목적지로 한 것처럼 내려왔지. 그라함 왕국은 그에 응대해 당연히 이곳으로 움직였고. 이게 뭘 뜻하는 것 같은가?"

아테른 평야는 사방이 뻥 뚫린 곳이다.

때문에 지형을 이용해 전쟁을 유리한 방향으로 이끈다던가 하는 건 의미 없는 일이다.

전장에서 주어진 조건은 병력의 수만 빼면 양측 군이 똑같았다.

아르디엔이 대답했다.

"그냥 밀어붙이겠다는 것 같군요."

"바로 그거야. 녀석들도 우리가 마도국과 붙었을 때 어떻게 전쟁을 종결시켰는지 익히 알고 있어. 이건 하멜 공작과 세라핌의 싸움이야."

마도국과의 전쟁 이후 왕성에서 파티를 벌였을 때, 아르디엔은 고르다스 대공을 비롯, 많은 귀족들에게 페르소나 뱅가드에 대한 이야기를 해주었다.

해서 고르다스 대공은 세라핌이 얼마나 대단한 인물인지 알고 있었던 것이다.

물론 그의 능력이 무엇인지에 대해선 파악하지 못한 상황이었다.

하지만 페르소나 뱅가드라는 어마어마한 집단의 우두머리라면 필시 녹록치 않을 상대라는 건 충분히 짐작이 갔다.

"하멜 공작."

"네, 대공 각하."

"어려운 말인 줄은 알지만 자네가 얼마나 빨리 세라핌을 잡느냐에 따라서 그라함 왕국의 병사들이 한 명이라도 더 살 수 있다네."

"알고 있습니다."

"그러니 처음부터 전력을 다해서……."

"대공 각하."

아르디엔이 고르다스의 말을 잘랐다.

"음? 말해봐."

"제가 다른 신호를 보내기 전까지 군을 움직이지 마십시오."

"그게 무슨 말이지?"

"저 혼자 적진으로 들어가겠습니다."

"자네 제정신인가? 아무리 자네가 대단하다고 하지만 적의 병력은 백만이야. 게다가 세라핌은 어떻고?"

"저한테는 이그나이트가 있습니다."

"그래도 그건 안 될 말이야."

아르디엔이 고르다스 대공을 바라보았다.

고르다스 대공도 아르디엔과 눈을 맞췄다.

"절 믿어 보십시오."

두 사람의 시선이 허공에서 얽혔다.

그러다 고르다스 대공이 한숨을 쉬더니 고개를 끄덕였다.

"그렇게 해. 막아도 나갈 기세구만."

"죄송합니다."

"하지만 조금이라도 위험해 보인다면 바로 진격시킬 테니, 그렇게 알아."

"알겠습니다."

"가 봐."

아르디엔이 고개를 숙여 보인 뒤, 한 손을 들어 올렸다.

그러자 저 높은 하늘에서 비행하던 이그나이트가 아르디엔을 향해 하강했다.

아르디엔은 훌쩍 뛰어올라 이그나이트의 등에 올라탔다.

"가자, 이그나이트."

"크롸아아아아아아아!"

아르디엔의 명을 받은 이그나이트는 적진을 향해 쏘아져 나갔다.

*　　　*　　　*

세라핌은 제국군의 선봉에 서서 그런 아르디엔을 바라보며 회심의 미소를 지었다.

"그래, 그렇게 나와 주면 내가 더 고맙지."

세라핌은 이번 전쟁에서 제국군의 희생을 줄이려면 어떻게든 아르디엔을 먼저 잡아야 한다고 생각했다.

한데 알아서 먼저 출정하니 고마울 따름이었다.

"전군! 대기하라!"

세라핌은 그리 명령 내리고서 말을 몰아 홀로 달려 나갔다.

아르디엔을 태운 이그나이트가 세라핌을 노리며 하강했다.

쏜살같이 내려꽂히던 이그나이트의 입이 쩍 벌어졌다.

그리고 뜨거운 불길을 뿜어냈다.

드래곤 브레스였다.

세라핌은 품에 손을 넣어 마법스크롤 하나를 찢었다.

블링크 마법이 인챈트 된 마법스크롤이었다.

순간 그의 모습이 사라졌다.

그리고 그가 다시 나타난 곳은 바로 아르디엔의 지척이었다.

이그나이트의 목 위에 내려선 세라핌이 아르디엔을 보며 히죽 웃었다.

"바할라스 황제?"

아르디엔이 고개를 갸웃거렸다.

그는 세라핌의 정체를 간파하지 못했다.

"이렇게 쉬울 줄이야."

히죽 웃으며 한 마디를 던진 세라핌이 오른손을 쭉 뻗었다.

그러자 손바닥에서 검은 구체가 툭 튀어나왔다.

블랙홀이었다.

그것은 엄청난 중력으로 주변의 모든 것을 빨아들이려 했다.

"크롸라라라라라라라!"

갑자기 목이 뒤로 꺾인 이그나이트가 괴성을 질렀다.

아르디엔 역시 검은 구체를 향해 몸이 끌려가고 있었다.

어지간하면 이런 물리적인 힘에 압도 될 아르디엔이 아니었다.

한데 블랙홀의 중력은 가히 대단했다.

이그나이트는 날갯짓을 멈추고서 계속 블랙홀에 끌려 당겨지고 있었다.

"하하하하하! 결국 하멜 공작도 겨우 여기까지였군!"

"넌… 황제가 아니군."

"눈치도 느리고 말야. 그래, 황제는 내 손에 죽었지."

"…세라핌이냐."

"이제라도 알아줘서 고맙다고 할까?"

몇 마디 대화를 주고받는 와중에도 아르디엔은 블랙홀을 향해 끌려가고 있었다.

그의 미간이 와락 구겨졌다.

그런 아르디엔을 바라보던 세라핌이 혀로 입술을 핥았다.

"안타까워. 적으로 만나지만 않았다면 밤마다 내가 예뻐해 줬을 텐데."

"……."

아르디엔은 지금 세라핌의 농담을 받아주고 있을 상황이 아니었다.

딱 봐도 저 검은 구체는 빨아들인 것들을 다른 아공간으로 보내버리는 역할을 하는 게 틀림없었다.

만약 여기서 아르디엔과 이그나이트가 당하고 만다면 전쟁은 가르테아 제국의 일방적인 승리로 끝이 나고 만다.

"안간힘 쓰지 말라고, 하멜 공작. 더 쉽게 들어올 수 있도록 내가 도와줄까?"

세라핌이 이번엔 왼손을 들어 올렸다.

그러자 하늘에서 수백 줄기의 벼락이 떨어졌다.

콰르르르릉! 콰르르릉!

그것이 이그나이트와 아르디엔의 몸을 마구 두드려댔다.

"크롸아아아아아아아!"

"큭!"

보통 사람이었다면 이미 백 번도 죽었어야 할 상황이다.

하지만 이제는 평소에도 반신의 경지를 유지하는 아르디엔에겐 충분히 견뎌낼 수 있는 충격이었다.

번개는 그치지 않고 계속해서 내리쳤다.

콰르르르룽!

이그나이트의 날개와 꼬리, 목이 블랙홀이 있는 곳으로 완전히 꺾였다.

그런 와중에도 아르디엔은 있는 힘을 다해 버티는 중이었다.

세라핌은 아르디엔을 확실히 제압하기 위해 스피릿 컨트롤의 능력을 발현했다.

하지만 아르디엔에겐 그것이 먹혀들지 않았다.

아르디엔의 정신력이 세라핌의 정신력보다 강하다는 반증이었다.

'뭐, 됐어. 어차피 시간문제야.'

이대로 조금만 더 있으면 힘이 빠진 아르디엔은 블랙홀에 빨려들어 올 것이다.

그렇게 생각했다.

한데, 아르디엔이 갑자기 눈을 감았다.

"포기했나?'

세라핌이 아르디엔을 비아냥거렸다.

그러나 아르디엔은 포기한 게 아니었다.

'나를 버린다.'

아르디엔은 완전체의 영역에 들어가기 위해서 자신을 완전히 비우려 하고 있었다.

꽈득! 뚜드득! 드득!

그 와중에 이그나이트의 사지가 조각조각 부러지고 있었다.

그러나 아르디엔은 신경 쓰지 않고 자신을 버리는 데만 집중했다.

세라핌은 마음 같아선 아르디엔에게 물리적인 충격을 가하고 싶었지만 그럴 수 없었다.

블랙홀을 사용할 땐 다른 능력을 함께 사용할 순 있지만, 몸을 자유롭게 움직일 수 없었다.

그만큼 블랙홀은 정신 집중이 필요한 능력이었다.

아르디엔은 짧은 순간 스스로의 의식 깊은 곳까지 침잠해 갔다.

그는 오로지 자신을 비우는 데만 몰입했다.

그러다보니 육신의 힘이 살짝 빠져 블랙홀을 향해 다시 끌려갔다.

"그래, 그렇게 오는 거야!"

세라핌이 쾌재를 불렀다.

밑에서 이 광경을 보고 있던 고르다스 대공은 더 참지 못하고서 크게 소리쳤다.

"전군 돌격하라!"

고르다스 대공의 명령이 떨어지자 50만 대군이 일제히 앞으로 튀어나갔다.

하지만 가르테아 제국의 병력은 제자리를 지키고만 있었다.

그들도 하멜 공작을 잡으면 이 전쟁이 승리로 돌아갈 것이란 걸 알기 때문이다.

그리고 그 승기를 잡을 순간이 코앞에 다가왔다.

아르디엔의 몸이 블랙홀에 거의 다다른 것이다.

"끝이다!"

세라핌이 크게 외치는 순간!

번쩍!

아르디엔이 눈을 떴다.

그의 두 눈에서 범상찮은 기운이 일렁였다가 갈무리되었다.

"…뭐야?"

갑자기 우뚝 멈춰 선 아르디엔을 보며 세라핌이 고개를 갸웃거렸다.

아르디엔은 완전체의 영역에 들어갔다.

블랙홀의 힘은 더 이상 아르디엔에게 어떠한 압박도 가하지 못했다.

아르디엔의 손이 빠르게 뻗어나가 세라핌의 목을 움켜쥐었다.

"……!"

세라핌은 그것을 피하지 못했다.

그럴 새가 없었다.

우두둑!

아르디엔이 손아귀에 힘을 주자 세라핌의 목에 엄청난 고통이 가해졌다.

"끄으… 끄흐으!"

고통에 정신이 흐려졌다.

그러자 블랙홀이 사라졌다.

"크르르르르……."

한참 동안 블랙홀에 시달리더니 이그나이트가 바닥으로 곤두박질치기 시작했다.

아르디엔이 그런 아그나이트의 등을 살짝 쓰다듬었다.

그러자 아르디엔의 손을 타고 흘러나간 기운이 이그나이트의 전신으로 퍼져나갔다.

방금까지만 해도 반쯤 정신을 잃었던 이그나이트가 크게

포효했다.

"크롸아아아아아아아!"

이어 부러졌던 그의 뼈가 모두 붙었다.

이그나이트는 다시 힘껏 날갯짓을 해 날아올랐다.

세라핌은 아르디엔의 손에 제압당해 아무것도 하지 못했다.

'말도 안 돼……!'

세라핌이 누구인가?

페르소나 뱅가드의 데스페라도다!

감히 그 누가 함부로 할 수 없는 절대적인 힘을 가진 이다!

그런데 아르디엔의 한 손에 제압당해 손가락 하나 까딱할 수 없는 꼴이라니!

세라핌의 홉떠진 두 눈이 아르디엔의 얼굴을 쏘아봤다.

'대체 이놈은 뭐야?'

믿을 수가 없었다.

이 상황이 모두 꿈인 것만 같았다.

하지만 지독하리만큼 확실한 현실이다.

그러나 이게 당연한 결과였다.

완전체가 된 아르디엔은 신과 한없이 가까운 상태가 되었다.

한낱 사람이 신을 상대할 수는 없는 일이다.

아르디엔을 태운 이그나이트는 가르테아 제국군 백만 병사의 앞에 내려섰다.

병사들은 이그나이트가 내려오자 모두 무기를 고쳐 쥐고서 잔뜩 긴장했다.

아르디엔이 이그나이트에서 뛰어내렸다.

그리고 제국군들이 보는 앞에서 쥐고 있던 세라핌의 목을 분질렀다.

두두둑!

"……!"

세라핌이 단말마의 비명도 지르지 못한 채 그대로 절명했다.

아르디엔이 죽인 것은 세라핌이지만, 지금 제국군의 눈에 비친 세라핌은 바할라스 황제의 모습이었다.

제국군들이 일제히 충격에 빠졌다.

아르디엔은 세라핌의 머리를 다른 손으로 잡아 뽑았다.

두두둑! 투둑!

목 가죽이 찢겨지고 살이 떨어져 나갔다.

뼈와 힘줄이 뽑혀 나와 피를 쏟아냈다.

제국군은 그 충격적인 광경에 모두 숨조차 제대로 쉬지 못했다.

아르디엔은 뜯어낸 세라핌의 머리를 제국군의 앞에 휙 던졌다.

"폐하!"

"황제 폐하!"

여기저기서 황제 폐하를 부르며 제국군의 군사들이 무릎을 꿇었다.

그들은 오열하며 눈물을 펑펑 흘려댔다.

그와 동시에 사기가 바짝 꺾이고 말았다.

세라핌이 황제로 변했던 게 아르디엔에겐 오히려 도움이 되었다.

그때, 황제의 진정한 정체를 알고 있던 페르소나 뱅가드의 기사들이 아르디엔을 향해 달려들었다.

그들에게 세라핌은 절대적인 주인이었으며 정신적 지주였다.

그런 세라핌을 죽여버렸으니 페르소나 뱅가드의 기사들은 눈이 돌아갔다.

하지만 지금의 아르디엔에겐 무서울 게 없었다.

아르디엔이 주먹을 말아 쥐었다.

그리고 팔을 뒤로 당겼다가 앞으로 휙 밀었다.

순간.

콰아아아아아아아아앙!

주먹에서 뻗어져 나간 엄청난 진공파가 전방을 초토화시

켰다.

거대한 해일 같은 기운이 몰아치더니 아르디엔에게 덤벼들던 페르소나 뱅가드의 기사들은 물론이고 황제의 죽음에 오열하던 이들까지 단숨에 3천여 명의 인원들을 가루로 만들었다.

태산도 날려버릴 만큼 엄청난 일격에 제국군은 놀라 굳어버렸다.

아르디엔이 내밀었던 주먹을 다시 뒤로 당겼다.

그리고 연달아 세 번을 내질렀다.

콰앙! 콰앙! 콰아아아아아앙!

주먹질 한 번에 광범위적인 폭발이 일며 수천 명이 죽어나갔다.

눈 깜작할 새 도합 만이 넘는 인원이 저승길에 올랐다.

믿을 수 없는 광경이었다.

아르디엔은 다시 주먹을 뒤로 당기며 말했다.

"계속 싸우겠다면 5분 안에 전멸시켜 주겠다."

Chapter 09
그라함 제국

아르디엔 전기

황제는 죽었다.

페르소나 뱅가드의 기사들도 아르디엔의 주먹질 몇 번에 전멸했다.

제국군은 대공황에 빠졌다.

무얼 어떻게 해야 할지 알지 못해 모두 눈만 데굴데굴 굴리고 있었다.

그때 마법사단을 이끌던 7서클의 마법사 한 명이 크게 소리쳤다.

"집중 공격하라!"

그의 말에 마법사들이 아르디엔에게 공격 마법을 시전하려 했다.

하지만 그들의 시전시간보다, 아르디엔의 주먹이 더 빨랐다.

아르디엔은 하늘 높이 도약하더니 마법사들을 향해 주먹을 휘둘렀다.

콰아아아아아아앙!

또다시 여지없이 대폭발이 일었다.

주먹질 한 번으로 마법사단의 반이 목숨을 잃었다.

이어, 다시 한 번 주먹이 튀어나갔을 땐.

콰아아아아아앙!

나머지 마법사들도 모두 이승의 사람이 아니게 되었다.

타탁.

아르디엔이 다시 바닥에 내려섰다.

그를 보는 가르테아 제국군의 눈에 공포가 가득 찼다.

절대적 우위.

감히 누구도 그와 대적할 수 없다는 생각이 모두의 머리를 지배했다.

"이제 4분 남았다."

아르디엔이 말을 마치자 이그나이트가 포효했다.

"크콰아아아아아아아!"

날개를 쫙 펴서 한 차례 힘껏 휘두른 이그나이트는 입을 쩍 벌리고 드래곤 브레스를 뿜었다.

콰아아아아아아아!

"으아아악!"

"크아악!"

멍하니 있다가 브레스에 얻어맞은 수천의 사람이 고통스러운 비명과 함께 죽음을 맞았다.

"3분."

아르디엔이 손가락 세 개를 내밀었다.

이그나이트가 거대한 두 다리를 빠르게 놀리며 적진 안으로 들어섰다.

쾅쾅쾅쾅!

그리고 난동을 부렸다.

단 수 초 만에 그의 발에 밟히고, 꼬리에 짓눌리고, 브레스에 맞아 죽는 인원들이 수만이었다.

1분이 지났을 땐, 10만에 달하는 사람이 죽어 있었다.

이미 이건 전쟁이 아니었다.

전의는 오래전에 상실했다.

사기는 바닥을 쳤다.

드래곤을 어떻게 상대해야 할지 몰라 우왕좌왕하며 도망치기 바빴다.

"2분."

시간이 줄어들수록 이그나이트의 횡포는 더더욱 심해졌다.

그럴수록 죽어나가는 인원도 더 많아졌다.

이대로 가다가는 정말 아르디엔의 말대로 5분이 지났을 땐, 제국군의 병사가 전멸할 판이었다.

결국. 제국군의 총지휘관이 무기를 바닥에 떨어뜨리고 두 손을 들어 올렸다.

"항복… 하겠다. 우리가… 졌다."

더 의상의 희생은 무의미했다.

이제 제국군에겐 그라함 왕국을 대적할 힘이 없었다.

총지휘관의 항복 선언에 다른 모든 이들도 무기를 놓았다.

여기저기서 병장기 잘그럭거리는 소리가 시끄럽게 울려 퍼졌다.

제국군의 항복을 받아낸 아르디엔이 왕가의 검 그랑벨을 꺼내 높이 들어 올렸다.

그러자 그라함 왕국군들이 커다란 함성을 터뜨렸다.

와아아아아아아아아!

"그라함 왕국 만세! 하멜 공작님 만세! 이그나이트 만세!"

"만세! 만세! 만세!"

그라함 왕국은 가르테아 제국과의 전쟁에서 승리했다.

그것도 단 한 명의 사상자 없이.

이것은 기적이었다.

길이길이 역사에 기록될 영광의 발자취였다.

그 모든 것을 아르디엔 단 한 사람이 해냈다.

오늘, 그라함 왕국은 대륙최강의 국가가 되었다.

＊　　　＊　　　＊

그라함 왕국은 적군의 병장기들을 수거한 뒤, 포로들을 포
박했다.

이어, 기세를 모아 가르테아 제국으로 진격했다.

사기가 충천한 터라 말이나 사람 모두 한 가지로 지칠 줄을
몰랐다.

가르테아 제국에는 이미 남은 병력이 거의 없었다.

그래도 호전적인 무리들이 모여 그라함 왕국을 막기 위해
맞서려 했지만, 이그나이트 하나를 막기에도 역부족이었다.

마치 모래성이 무너지듯 너무나 쉽게 밀려버렸다.

그라함 왕국은 거칠 것 없이 제국 내부로 밀고 들어가 수도
까지 무혈입성했다.

이미 성 안은 텅텅 비어 있었다.

가르테아 제국이 대패했다는 소문이 퍼지자 대부분이 도

망가 버린 것이다.

충절을 지키려는 충신들은 스스로 자결을 해 숨을 끊었다.

그렇다 보니 그라함 왕국은 손가락 하나 움직이는 수고도 없이 왕성까지 점령하게 되었다.

결국 가르테아 제국은 그라함 왕국에게 완전히 무너지고 만 것이다.

*　　　*　　　*

세 달 후.

가르테아 왕국의 왕성에 말레스 페나트리앙 국왕이 입성했다.

말레스 국왕은 전장에서 포로로 잡힌 이들의 처우부터 해결하기로 했다.

이미 항복한 패잔병들인지라 대부분은 그라함 왕국에 투항을 해왔다.

하나 그 안에서도 끝까지 충절을 지키려는 이들이 있었다.

그 절개가 아름답기 그지없었지만, 말레스 국왕은 어쩔 수 없이 그들의 목을 베도록 했다.

대신, 죽은 이들의 시신을 정갈하게 수습해 제대로 된 제를 올려 주었다.

그렇게 한 달이라는 시간이 또 흘렀다.

그동안 가르테아 제국이 그라함 왕국에게 잡아먹혔다는 소문은 전 대륙으로 퍼져 나갔다.

말레스 국왕은 여전히 제국의 성에 머물며 관료대신들까지도 그 곳으로 소환했다.

두 달이 지나고, 그라함 왕국의 중차대한 사항을 논할 때마다 빠지지 않는 관료대신들이 제국의 성에서 모두 모였다.

그 안에는 아르디엔도 있었다.

말레스 국왕은 이제 가르테아 제국을 영영 지도에서 지워 버리고자 했다.

대신 그라함 왕국을 제국으로 격상 시킬 것을 원했다.

그러한 말레스 국왕의 의견에 반대하는 이들은 아무도 없었다.

만장일치로 그라함 왕국은 이제 그라함 제국이 되었다.

그리고 말레스 국왕은 말레스 페나트리앙 황제가 되었다.

그라함 제국은 이러한 사실을 이그드라엘 대륙에 빠르게 전했다.

더 이상 가르테아 제국은 존재치 않게 된 것이다.

주변국들은 변해가는 시대를 묵묵히 받아들이며 따라갈 수밖에 없었다.

그라함 왕국이 가르테아 제국을 상대로 피 한 방울 흘리지 않고 전쟁에서 승리를 거머쥐었다는 사실은 그만한 파급력이 있었다.

시간은 빠르게 흘렀다.

어느덧 계절은 여름을 지나 가을로 들어섰다.

대륙력 374년 10월.

이제는 전 대륙이 그라함 왕국을 제국이라 부르는 것에 익숙해져 있었다.

아울러 하멜 공작가의 위상은 더더욱 높아졌다.

이번 전쟁을 홀로 제압한 장본인이 바로 하멜 공작이기 때문이다.

이미 그는 전 대륙의 사람들에게 살아 있는 전설이었다.

타국의 사람들은 하멜 공작의 얼굴을 한 번이라도 보기 위해 일부러 파보츠를 찾기도 했다.

보통 왕이 아닌 그 밑의 신하 중 누군가가 그 정도로 민심을 얻기 시자하면 왕은 불안해하게 마련이다.

하지만 말레스 황제는 달랐다.

그는 아르디엔을 절대적으로 믿었다.

아마 아르디엔이 역심을 품으려 했다면 이미 말레스 황제는 자신의 자리를 열두 번도 더 내어줬어야 했을 것이다.

하지만 아르디엔은 단 한 번도 그런 모습을 보이지 않았다.

늘 전장에선 선봉에 나서 싸우면서도 자신을 공을 애써 드려내려 한 적이 없었다.

그의 무훈에 관한 것들은 모두 말레스 황제가 직접 보거나, 다른 이들에게 들어서 알게 되었었다.

말레스 황제는 지금도 아르디엔만 생각하면 입가에 미소가 지어졌다.

그가 두각을 드러내면서부터 그라함 왕국은 성장해 나갔다.

그것도 아주 무서운 속도로 말이다.

결국 지금은 대륙 최강의 나라가 되어 그라함 제국으로 거듭났다.

아르디엔은 이제 그라함 제국에 없어서는 안 될 존재였으며, 대단히 커다란 의미가 되었다.

*　　　　*　　　　*

대륙력 375년 1월.

그 날은 아주 큰 경사가 일어났다.

아르디엔이 아로아와 혼인을 하게 된 것이다.

아르디엔은 전에도 그러했던 것처럼 하멜 공작가의 정원에서 식을 올렸다.

하멜 공작의 혼인 소식에 전국 각지에서 숱한 귀족들이 선물을 가득 싣고 방문했다.

하멜 공작가의 정원은 상당히 넓은 편이었다.

그런데도 찾아온 이가 얼마나 많은지 다 수용할 수가 없었다.

결국 늦은 이들은 아쉬움을 뒤로 하고서 담벼락 너머에서 이 아름다운 결혼식을 감상할 수밖에 없었다.

아르디엔과 아로아의 결혼식 주례는 고르다스 대공이 보게 되었다.

고르다스 대공의 주례사는 이러했다.

"내가 방랑벽이 있어 제대로 된 신붓감도 마련 못하고 이 나이가 되도록 혼자 독수공방 하고 있는데, 주례를 부탁한 하멜 공작에게 대단히 고맙다는 말을 우선 전합니다. 아울러 이토록 아름다운 미남 미녀가 결혼을 한다니… 참 부럽습니다. 잘 먹고 잘 사시길."

주례사가 끝난 뒤, 장내는 잠시 무거운 침묵이 흘렀다.

축복인지, 저주인지 헷갈리는 주례였다.

하지만 어디선가 작은 박수 소리가 짝! 하며 흘러나왔고, 그것은 곧 모든 하객의 손으로 전염되었다.

짝짝짝짝짝짝짝!

비로소 하객들은 두 사람의 결혼을 축하하며 박수와 환호성을 보내주었다.

아르디엔은 아로아의 손에 반지를 끼워주었다.

아로아도 아르디엔의 손에 반지를 끼워주었다.

두 사람은 많은 이들이 보는 앞에서 다정하게 입을 포갰다.

휘이이이이익~!

"멋있습니다!"

"아름다워요!"

"부럽다!"

사방에서 두 사람을 축복하는 목소리들이 끊이질 않았다.

아로아는 행복했다.

아르디엔도 행복했다.

두 사람은 그렇게 부부의 연을 맺었다.

＊　　　＊　　　＊

피로연 자리에서 라미안은 알버트의 옆구리를 쿡 찔렀다.

알버트가 라미안을 바라보며 눈을 깜빡였다.

"우리는 언제 식 올릴 셈인가요?"

"음… 글쎄요."

"혹시 저랑은 결혼할 생각이 없는 건가요? 연애만 할 셈이세요?"

라미안이 그녀답지 않게 뾰로통해서 물었다.

알버트가 빙글거리며 대답했다.

"그럴 리가요."

"그럼 왜……."

그때 마침 두 사람의 곁을 디스토가 지나갔다.

알버트는 그의 뒷모습을 가만히 바라보며 입을 열었다.

"아직은 우리가 모든 사람한테 환영받을 것 같지 않아서요."

"아……."

그제야 라미안도 알버트의 깊은 속을 이해했다.

알버트는 어느 순간부터 디스토의 마음을 눈치채고 있었다.

그건 라미안도 마찬가지다.

디스토는 라미안을 여전히 좋아하고 있다.

하지만 라미안은 오래전부터 알버트의 연인으로 함께 해 왔다.

이제 포기해야 한다는 걸 알고 있는 디스토였다.

그런데 그게 마음대로 되지 않았다.

알버트는 그런 디스토의 마음을 더 힘들게 하고 싶지 않았다.

해서, 그에게 좋은 여자가 생기기 전까지 라미안과의 결혼을 미루려 했던 것이다.

하지만.

"…확실히 이대로 가다간 평생 식 못 올릴지도 모르겠네요~"

"식은 올려야 돼요."

라미안이 정색했다.

알버트가 웃으며 고개를 끄덕였다.

"올려야지요."

"어떻게요?"

디스토가 저 지경인데 어떻게 식을 올리냐고 묻는 것이었다.

알버트는 별 고민 없이 대답했다.

"디스토도 사랑에 빠지게 만들어 버리면 된답니다~"

"네?"

알버트가 엄지로 자기 가슴을 쿡 찍었다.

"오늘부터 난 사랑의 큐피트~! 사랑의 열병으로 지쳐가는 저 가엾은 영혼을 위로해 주고 말거랍니다~!"

"……."

라미안은 말문이 막혔다.

알버트와 사귄지 몇 년이 지났지만, 지금도 가끔씩 저렇게 정신 나간 것 같은 행동과 말을 할 때는 적응이 잘 되지 않았다.

＊　　　＊　　　＊

"……."

"……."

분위기 좋은 레스토랑.

두 남녀는 서로 마주 보고 앉아 한참 동안 말이 없었다.

말이 없지만 여인은 웃고 있었다.

미소가 참 매력적인 여인이었다.

그렇다고 미소만 매력적인 건 아니었다.

얼굴도 적당히 예뻤다.

몸매도 제법 관리를 한 듯 탄탄했으며, 피부는 생기 넘쳤다.

반면 남자는 충분히 잘생긴 얼굴이었지만, 무표정하다 못해 차갑게까지 보이는 인상이 스스로를 깎아먹는 중이었다.

하지만 여자는 그런 건 개의치 않는 듯했다.

그녀는 어떻게든 남자와 시선을 맞추려고 노력했다.

남자는 그게 부담스러웠다.

결국 여자는 입을 열었다.

"디스토 라이판님이라고 했죠?"

"…네."

"제 이름은 아시나요?"

알버트가 뭐라 그랬더라… 잠시 고민하던 디스토가 겨우 기억해낸 이름 하나를 말했다.

"사라… 노이만."

"노라 사이만이에요."

"……."

무안했다.

그래서 더 말문이 막혔다.

그러나 노라는 여전히 밝은 얼굴이었다.

아마도 디스토가 제법 마음에 든 모양이었다.

"솔직히 말해서 안 나오실 줄 알았어요. 부영주님이 라이판님은 이런 자리를 싫어하니 기대하지 말라고 하셨거든요. 나와 주셔서 감사해요."

디스토도 자신이 이 자리에 나오게 될 줄은 몰랐다.

이틀 전.

그러니까 아르디엔의 결혼식이 끝난 다음 날.

알버트는 디스토에게 여자를 소개시켜주겠으니 생각 있으면 나가보라 했었다.

디스토는 물론 단칼에 거절했다.

알버트는 집요하게 매달릴 줄 알았는데 의외로 그러지 않았다.

그렇게 하루가 지났다.

알버트는 다시 디스토를 찾아왔다.

그리고서는 디스토를 정말 만나고 싶어하는 여자가 있으니 한 번만 나가보는 게 어떻겠느냐 물었다.

이번에도 디스토는 거절했다.

그리고 오늘.

알버트는 허겁지겁 디스토를 찾아와서는 그 여인이 레스토랑에서 자살 소동을 벌이고 있다고 했다.

디스토가 가지 않으면 고기를 썰어야 할 나이트로 자기 목을 썰 지경이라며 겁을 줬다.

디스토는 놀라서 레스토랑으로 달려갔고, 여인은 얌전히 테이블에 앉아 책을 읽다가 그런 디스토를 반겨주었다.

그래서 지금 이런 자리가 마련되어진 것이다.

'그놈의 거짓말에 속아서.'

디스토는 화가 머리끝까지 치밀어 올랐다.

결국 제 화를 다스리지 못하고서 벌떡 일어났다.

"그만 가보겠습니다."

"왜요?"

노라가 큰 눈을 깜빡이며 물었다.

"거짓말에 놀아줄 생각 없습니다."

"거짓말이라니요?"

"당신이 날 마음에 들어 한다고 했습니다. 그래서 날 만나게 해달라고 했고, 내가 나가지 않는다고 하니 자살소동을 벌이고 있다더군요. 그 말이 진짜인 줄 알고 나온 것뿐입니다. 그럼, 이만."

디스토가 테이블에서 멀어지려는데, 노라의 음성이 그를 붙잡았다.

"전부 거짓말은 아니에요."

"……."

"음… 여자로서 이런 말 하는 거 부끄럽지만, 어차피 부영주님이 다 얘기했으니 솔직히 말할게요. 당신이 좋다는 건 정말이에요."

디스토가 슬쩍 뒤를 돌아보았다.

노라가 지금까지완 달리 수줍게 미소 지으며 말했다.

"저한테 조금만 더 시간을 허락해 주시면 안 될까요? 제 여러 가지 매력 중 당신 마음에 들 만한 게 한 가지 정도는 있을 거예요."

두근.

두근….

두근…….

*　　　*　　　*

늦은 밤.

라미안은 알버트의 방에서 와인을 나누고 있었다.

그런데 갑자기 방문이 거칠게 열리며 호위기사 올리버가 들어섰다.

"올리버 경~! 노크도 없이 문을 열다니오? 라미안과 내가 야릇한 행위라도 하고 있었다면 어쩔 뻔 했나요?"

"아, 알버트……."

라미안이 알버트의 허벅지를 꼬집었다.

"윽! 아픕니다아~ 그런데 무슨 용무이신가요?"

"알아보라고 하신 것 때문에 왔습니다."

"오~ 어떻던가요?"

"아직 집에 들어오지 않으셨습니다."

그 말에 올리버가 히죽 웃었다.

"잘했어요~ 이제 나가보세요~ 그리고 지금부터 야한 행위를 할지도 모르니까 그만 퇴근……!"

"에이잇!"

빡!

"꺄악! 호위기사가 부영주를 때렸겠다!"

"시끄러워요! 전 그만 가겠습니다!"

올리버는 라미안에게만 고개를 숙여보이고서 알버트의 방

을 나섰다.

"으… 혹나겠네."

정수리를 어루만지는 알버트에게 라미안이 물었다.

"그런데 누가 집에 들어오지 않았다는 거예요?"

알버트가 음흉한 미소를 지었다.

"누구긴 누구겠어요. 디스토지."

"디스토… 님이요?"

"오늘 소개 받은 여인이 마음에 들었나 보네요~."

알버트는 그리 말하며 라미안의 어깨에 머리를 기댔다.

"이제 우리도 겨우 결혼할 수 있을 것 같아요."

라미안이 피식 웃었다.

"오늘 알버트님한테 들은 얘기 중 가장 좋네요."

"건배할까요?"

"무엇을 위해?"

"우리 둘의 아름다운 결혼식을 위해~!"

"건배."

짱―

Chapter 10
봉인 해제

아르디엔 전기

대륙력 381년 봄.

그라함 왕국이 제국으로서 대륙에 뿌리를 박은 지도 7년이 흘렀다.

그간 그라함 제국은 대륙의 최강국으로서 각 나라 간의 분쟁을 조율하고 약소국의 발전을 위해 무던히 노력해 왔다.

그 결과 지금껏 타국 간의 작은 전쟁 한 번 없었고, 갑작스런 몬스터 군단의 습격으로, 혹은 기아로 사라지는 약소국 또한 없었다.

따라서 그라함 제국은 타국에게 현명한 지도국으로 불리

기도 했다.

그라함 제국이 성장해 가는 동안 대륙엔 이렇다 할 만큼 큰 문제가 터지지 않았다.

오히려 축하해야 할 일들만이 가득했다.

축복이라 할 여러 가지 일들이 많았지만, 그중에서도 가장 크게 이슈가 되었던 건 3년 전 있었던, 알버트 부영주와 라미안의 결혼이었다.

이미 두 사람은 그 전부터 현명하고 어진 괴짜 부영주, 마나사이편을 최초로 전 대륙에 전파한 대마법사라는 이름으로 유명했었다.

그런 둘이 부부의 연을 맺는다고 하니, 세상 사람들에게 커다란 이슈가 될 수밖에 없었다.

두 사람의 결혼이 3년 전에야 겨우 성사된 것은 사실, 그들이 디스토의 결혼을 기다렸기 때문이다.

디스토가 노라와 연인이 되어 혼인을 한 다음 알버트는 라미안에게 정식으로 청혼을 했다.

이후, 케이아스와 레나도 식을 올렸다.

한데 그 둘은 조용한 혼인을 원했다. 그래서 알버트의 결혼만큼 이슈가 되진 않았다.

아무튼 그라함 제국이 번성하는 만큼 하멜 공작가에도 잇따른 호재가 죽 이어졌다.

해서, 겉으로 보기엔 세상은, 그리고 하멜 공작가엔 아무런 위기도 없이 평안한 날들만이 이어지는 것 같았다.

하지만 불길한 바람은 보이지 않는 곳에서부터 불어오고 있었다.

*　　　　*　　　　*

새벽녘.

아르디엔은 발코니에 앉아 정원을 바라보고 있었다.

이제 그의 나이 29세.

내년이면 서른을 바라본다.

그럼에도 그의 얼굴은 약관의 청년으로만 보였다.

어딜 가도 그를 아내가 있는 서른의 사내로 보질 않았다.

그것은 데미갓을 넘어서 완전체의 경지에 들어섰기에 육신의 노화가 더디 진행되어 가능한 일이었다.

"십 년."

아르디엔이 나직이 혼잣말을 흘렸다.

381년은 오리진들이 듀란달의 봉인이 풀릴 것이라 말한지 딱 10년째 되는 해다.

그들의 말이 사실이라면 곧 신물(神物) 듀란달의 봉인은 풀릴 것이다.

그리고 루틴이 살아 있다면 분명 그 신물을 노릴 것이다.

모든 것을 잃어버린 루틴에게 남은 것은 마왕을 강림시키는 일 뿐일 테니까.

과연 듀란달의 봉인이 정말 풀릴 것인지, 그리고 루틴이 듀란달을 가로채 마왕을 강림시킬 수 있을 것인지.

아르디엔은 그게 궁금했다.

이런저런 생각을 하다 보니 십존들의 면면이 떠올랐다.

그들과는 파보츠의 언덕에서 대결을 펼친 뒤, 단 한 번도 마주친 적이 없었다.

어디서 무얼 하고 산다는 등의 이야기도 들려오지 않았다.

아르디엔은 그들이 루틴의 손에서 놀아나고 있다는 걸 알지 못했다.

"당신, 안 자고 뭐해요?"

여러 가지 상념에 빠져 있는데, 아로아가 다가와 물었다.

그녀는 아르디엔을 남편으로 맞이한 뒤, 그전과 다르게 존댓말을 썼다.

남편은 아내에게 존중 받아야 한다는 게 그녀의 생각이었다.

그리고 아르디엔은 남편이 아니라 하더라도 충분히 존경할 만한 인물이었다.

"아로아, 이제 왔어?"

아로아는 아르디엔과 혼인을 하고 난 이후에도 열심히 레인보우 펍을 운영했다.

레인보우 펍은 이제 전국적으로 분점이 쉰 개나 되었다.

이미 그라함 제국의 먹거리 명소라고 하면 1순위로 레인보우 펍이 대륙사람들의 입에 오르내릴 정도였다.

관리하고 신경 써야 하는 일이 그만큼 많아졌고, 아로아도 더욱 바쁜 하루를 보내게 되었다.

그러니 늘 모든 일을 정리하고 나면 자정이 넘은 시간에야 돌아올 수 있었다.

"무슨 생각 하고 있었어요?"

아로아가 아르디엔의 팔짱을 끼며 물었다.

"아로아. 오리진들 기억나?"

"그럼요. 잊을 리 있겠어요?"

아로아는 자신의 목에 걸린 목걸이를 꺼내 들었다.

"이것도 오리진한테 빼앗은 거잖아요."

그것은 본래 하우랑의 것으로 어마어마한 신성력이 담긴 목걸이었다.

그게 있으면 세상의 어떠한 물리적, 마법적 힘도 아로아에게 영향을 주지 못한다.

신성력이 그런 힘들을 거부하기 때문이다.

"그런데 오리진은 갑자기 왜요?"

"십 년 전, 그들은 신물의 봉인이 십 년 후에 풀린다고 말했어. 그리고 올해가 딱 십 년 되는 해지."

"그런가요? 그건 확실히 당신이 신경 쓸 만한 일이네요."

신물이라는 것은 신의 권능이 담긴 물건이다.

당연히 엄청난 힘을 가두고 있을 것이며, 오리진들이 그것으로 세상에 어떠한 피해를 끼칠지 알 수 없었다.

"오리진들의 목적은 듀란달로 그들의 왕국을 다시 건설하는 것이었죠?"

"응, 그랬지."

"그리고 루틴은 듀란달을 가로채 마왕을 부활시키려고 했었구요."

"맞아."

"그럼 듀란달이 봉인에서 풀리더라도 루틴의 손에만 들어가지 않으면 되는 거 아닐까요?"

"나도 처음에는 그렇게 생각했는데, 그리 단순한 문제가 아닌 것 같아."

"왜요?"

"사람의 욕심이라는 건 본래 끝이 없는 법이야. 오리진은 기본적으로 그들이 인간보다 더 우월하다는 생각을 갖고 있어. 한데 그들이 신물의 힘을 얻어 오리진의 왕국을 세운다면, 그 다음은 어찌 하려 들까?"

"…대륙을 지배하려 할 거란 말인가요?"

"그럴 가능성이 높아. 절대로 오리진의 왕국, 그러니까 에덴을 건설하는 것으로만 끝내지는 않을 거야."

"결국 듀란달은 오리진에게도, 그리고 루틴에게도 넘어가면 안 된다는 말이네요."

"그렇지. 문제는 그들이 어디에 있는지 묘연하다는 거야. 게다가 듀란달이 봉인되어 있는 곳 또한 알 수 없지."

아르디엔의 얼굴에 수심이 깃들었다.

아로아가 그런 아르디엔에의 어깨에 머리를 기댔다.

"저는 이 행복이 깨지지 않았으면 좋겠어요."

"…아로아."

아로아가 고개를 살짝 틀어 아르디엔의 눈을 바라보았다.

"그리고 그런 일은 없을 거라고 믿어요. 지금까지 그래왔던 것처럼 당신은… 그리고 당신을 믿는 우리는 어떤 위기도 잘 헤쳐 나갈 수 있을 거예요."

아르디엔이 미소 지으며 고개를 끄덕였다.

"응, 그럴 거야."

아로아도 덩달아 미소 지었다.

그런 아로아가 아르디엔은 많이 고마웠다.

사실 아르디엔은 자신이 그녀를 지켜주고 보호해 줘야 한다고 생각해 왔다.

하지만 부부가 되고 나서는 오히려 자신이 그녀에게 보호받고 있다는 느낌이 들었다.

아로아는 아르디엔이 생각했던 것보다 더욱 그릇이 큰 여인이었다.

그렇지 않고서는 아르디엔의 마음을 이토록 포근하게 감싸주기란 힘든 일이었다.

"고마워, 아로아."

"늘 제가 당신한테 더 고마운걸요."

두 사람은 누가 먼저랄 것도 없이 입을 내밀어 가볍게 키스를 나눴다.

*   *   *

이그드라엘 대륙의 서쪽 끝자락엔 마우엘이라는 작은 마을이 있다.

그 마을은 에메랄드 빛 해변을 끼고 있는 곳으로, 여름엔 피서를 온 관광객들로 북적거리는 관광지였다.

2월은 아직 추운 계절이라 해변은 한적하기만 했다.

한데 다섯 사람이 그 해변가에 서서 한참 동안 바다를 바라보고 있었다.

그들은 바로 오리진이었다.

"이제 곧… 봉인이 풀려."

뮤테아가 말했다.

아직까지 바다는 잔잔한 파도만 칠 뿐, 별다른 변화가 없었다.

그런데 갑자기.

슈우우우우우우!

바다 한 가운데서 밝은 빛이 하늘로 솟구쳤다.

그 빛기둥은 점점 더 굵어지더니 갑자기 조각조각 부서졌다.

빛이 부서진 자리엔 신비한 분위기를 풍기는 백발의 여인이 그녀의 머리카락만큼이나 새하얀 순백의 검을 들고 서 있었다.

감겨 있던 여인의 눈이 서서히 뜨였다.

여인은 허리까지 내려오는 백발을 휘날리며 허공을 날아 오리진들에게 다가왔다.

여인은 하얀 천으로 몸을 둘렀을 뿐, 그 외엔 어떠한 장신구도 걸치지 않았고, 신발도 신고 있지 않았다.

그녀가 모래사장에 두 발을 디뎠다.

그리고 오리진들에게 미소 지었다.

"오래간만이에요."

그러자 오리진들이 일제히 무릎 꿇고 고개를 조아렸다.

뮤테아가 오리진들을 대표해 감격적인 음성으로 말했다.

"다시 뵙게 되어 영광입니다, 아모르시아님."

빛과 함께 나타난 여인은 다름 아닌 아모르시아였다.

에덴의 일족 중 유일하게 거대한 욕망을 지니고 있던 사람.

오리진들을 봉인하고 그녀 스스로도 듀란달과 함께 봉인에 들었던 사람.

이 모든 일들을 계획했던 사람.

그녀가 비로소 오랜 잠에서 깨어났다.

"다들 고생했어요. 여러분 덕에 제 꿈을 무사히 이룰 수 있을 것 같아요."

오리진들은 가슴이 터질 듯한 감격스러움에 한 동안 아무 말도 하지 못했다.

철썩철썩 파도 치는 소리와 바닷바람 소리만 정적을 깨우고 있었다.

그러다 하우랑이 겨우 입을 열었다.

"이런 날을 얼마나 기다려 왔는지 모릅니다, 아모르시아님."

아모르시아가 빙그레 미소 지었다.

"다들 일어나세요."

그녀의 명에 모두 몸을 일으켰다.

아모르시아가 쥐고 있던 검을 가슴께로 들어 올렸다.

그러자 오리진들의 눈에 이채가 어렸다.

"그것이 바로……."

"그래요. 듀란달입니다. 저는 듀란달과 함께 봉인되어 있었어요. 그리고 지금 여러분 덕에 봉인에서 깨어나게 됐지요. 이제부터 시작이에요. 제가, 그리고 여러분이 바라던 꿈을 이룩하게 될 영광스러운 순간이 도래했습니다."

그 말을 듣는 순간 오리진들의 몸에 전율이 일었다.

마샨이 격한 감정으로 덜덜 떨리는 음성을 뱉었다.

"에덴을… 다시 건국하게 되다니……."

아모르시아가 마샨을 바라봤다.

"그것으로 끝이 아니에요. 듀란달은 더욱 큰 미래를 우리에게 가져다 줄 거예요."

"물론입니다. 일말의 의심도 하지 않습니다."

아모르시아는 결의에 찬 오리진들의 면면을 훑었다.

아모르시아와 함께 모인 오리진들이 바랐던 것.

그것은 에덴의 일족이 대륙 최강의 종족이 되는 것이었다.

아모르시아는 늘 불안했었다.

에덴의 일족은 별다른 힘이 있는 건 아니었다.

그저 신의 가호를 받아 신성력을 다룰 수 있기에, 사람의 병과 상처를 치료해주는 것.

그게 전부였다.

신성력으로 해를 입힐 수 있는 존재는 언데드 몬스터들밖에 없었다.

한데 당시 이그드라엘 대륙엔 언데드 몬스터들이 많은 문제가 되었다.

그런 그들을 에덴의 일족이 막아주고, 사람의 병을 치료해주니, 다른 국가가 에덴을 굳이 침략하지 않았던 것뿐.

만약 그들이 악한 마음을 먹고 에덴을 침략한다면 속수무책으로 당할 수밖에 없었다.

아모르시아는 기본적으로 인간을 믿지 않았다.

그들의 삶은 늘 전쟁으로 점철되어 있었다.

언제라도 그 전쟁의 칼날이 에덴의 일족에게 돌아오지 말란 법은 없었다.

그게 불안했던 아모르시아는 에덴을 최강의 나라로 만들어 인간들을 지배하길 원했다.

그래서 신검 듀란달에 손을 댔다.

신검을 개인적 욕망으로 취하는 순간 악테르사 신의 가호가 끊어지고 더 이상 오리진이 태어나지 못한다는 것은 익히 짐작하고 있었다.

그러나 인간들에게 지배당해 멸망하든, 지금 오리진의 대가 끊기든 어차피 똑같다면 조금이라도 더 현실적인 것을 쫓기로 했다.

듀란달을 손에 넣은 아모르시아는 먼저 신성의 목걸이부터 만들었다.

지금 오리진들이 차고 있으며, 아로아에게도 하나가 주어진 그 목걸이가 바로 신성의 목걸이다.

듀란달의 신성력이 들어간 목걸이로, 그것을 지니고 있으면 물리적, 마법적 힘이 영향을 끼치지 못한다.

하지만 목걸이를 넉넉히 만들긴 힘들었다.

그녀가 검을 취하면서부터 에덴의 일족은 그녀를 적으로 간주해 처단하려 했다. 시간적 여유가 부족했다.

아모르시아는 자신과 뜻을 같이 하기로 한 오리진들에게 신성의 목걸이를 나누어주었다.

그리고 훗날을 기약하며 모든 것을 봉인했다.

지금, 듀란달과 함께 봉인에서 깨어난 그녀가 바라는 것은 오직 하나.

에덴을 부활시켜 인간들을 지배하는 것.

듀란달이 있으면 아모르시아와 오리진들은 영생을 얻을 수 있다.

그리고 인간들을 지배하는 힘 또한 갖게 된다.

감히 어떤 인간이 신의 권능에 대적할 수 있겠는가?

만약 듀란달에 대적하려 한다면, 그들은 그들의 어떠한 과학적, 마법적 힘도 통하지 않는 절대적 강함 앞에 좌절만 맞

보게 될 것이다.

"아모르시아님."

하우랑이 그녀를 불렀다.

아모르시아가 하우랑을 바라보았다.

"외람된 부탁인지는 알겠사오나… 제게 듀란달을 만져볼 영광을 주실 수 있겠습니까?"

그에 뮤테아가 하우랑을 꾸짖었다.

"하우랑! 그게 무슨 실례되는 말이지?"

"아니, 괜찮아요, 뮤테아."

아모르시아가 뮤테아를 달랬다.

"하지만 아모르시아님. 듀란달은……!"

"어차피 우리들은 세상에 둘도 없는 한 가족이에요. 그런 부탁쯤 못 들어줄 이유가 없어요."

아모르시아가 듀란달을 하우랑에게 내밀었다.

"자, 하우랑. 받으세요."

"감사합니다, 아모르시아님."

하우랑이 상기된 얼굴로 듀란달을 고이 받아들었다.

"이것이……."

늘 듀란달을 보기만 했지, 이렇게 직접 만져보는 건 처음이었다.

그런데 그 순간, 하우랑의 얼굴이 일그러졌다.

"크윽!"

"왜 그래?"

로잔이 하우랑에게 물었다.

하우랑은 대답 대신 고통스러운 신음을 흘렸다.

"크으으으윽!"

그러더니 듀란달을 뒤쪽으로 힘껏 집어 던졌다.

"으아아아악!"

"이게 무슨 짓이야, 하우랑!"

듀란달이 포물선을 그리며 멀리 날아갔다.

뮤테아가 그것을 집으러 달려가는데, 검은 인영 하나가 휙 날아들더니 듀란달을 낚아챘다.

갑자기 벌어진 이해 못할 상황에 아모르시아와 오리진들은 당황했다.

"크큭. 설마 이렇게 쉬울 줄은 몰랐는데."

뮤테아의 귀에 익숙한 목소리가 들려왔다.

"이 목소리는… 루틴?"

방금 검을 낚아챈 이는 다름 아닌 십존의 리더 아티모르였다.

그리고 그의 뒤에서 비릿한 웃음을 머금으며 루틴이 나타났다.

"쉬워도 너무 쉽잖아."

루틴은 아티모르게에 손을 내밀었다.

아티모르는 영 내키지 않는 얼굴로 그에게 듀란달을 넘겼다.

그러자 루틴의 뒤로 다시 나머지 십존의 일원들이 다가와 섰다.

도이라가 여전히 괴로워하는 하우랑을 노려보며 물었다.

"이게 어떻게 된 거죠, 하우랑? 제대로 설명해 보세요."

"모, 모르겠어. 잠깐 동안 난 내가 아니었다고. 무언가에 지배당해서… 그것이 시키는 대로 따랐을 뿐이야!"

그러자 루틴이 광소했다.

"하하하하하! 그래, 아주 내 말을 잘 듣더군. 하우랑, 너에게는 신성의 목걸이가 없지. 아르디엔에게 빼앗겼으니까. 유일하게 내 마법이 통할 거라고 생각했는데, 역시 내 생각이 맞았어."

"뭐?!"

루틴은 하우랑에게 정신지배마법을 시전했던 것이었다.

"하지만 조금 위험했지. 네가 듀란달을 잡는 순간, 그 안에 담긴 신성력이 내 마력을 밀어내려 했으니까. 아무튼 수고했다."

뮤테아가 루틴을 사납게 노려보며 물었다.

"우리가 여기 있는 걸 어떻게 알았지?"

"뮤테아. 설마 네가 널 놓쳤다고 생각하는 건가? 마도국에서 도망치던 날, 아스크가 너희들을 그냥 보내주었었지. 예상밖의 일이었지만 마음만 먹었다면 내가 직접 나서서 다시 잡아올 수도 있었어. 내가 그러지 않았던 건, 그럴 필요가 없었기 때문이야."

"알아듣게 얘기해."

"마도국에서 만든 키메라 중 딘딘이라는 녀석이 있지. 투명하고, 작고, 빠르고, 50년을 살아가는데 공격력은 제로야. 처음에는 실패작이라 생각했지만, 누군가를 감시하기엔 적격이더군."

"…설마."

"그 녀석에게 패밀리어 마법을 시전해서, 널 따라다니며 감시하게 만들었지."

패밀리어 마법은 시전자와 대상 생명체의 정신이 이어지게 만든다.

해서 대상 생명체가 보고 듣는 모든 것이 시전자에게 그대로 전해져 들어오게 된다.

루틴은 이미 오리진의 행적을 모두 파악하고 있었던 것이다.

"이리 오거라, 딘딘."

루틴이 말을 하고 잠시 기다리다가 오른발을 들어 바닥을

콱! 밟았다.

그러자 무언가 콰직! 하고 터지는 소리가 나더니 녹색의 피가 모래사장에 쫙 스며들었다.

투명한 몬스터 딘딘을 밟아 죽인 것이다.

"이제 이놈은 더 이상 필요 없으니, 편하게 보내줘야지. 큭큭."

루틴은 듀란달을 들어 아모르시아와 오리진을 겨누었다.

"그리고 너희들도 딘딘과 같이 가줘야겠어."

Chapter 11
마왕의 부활

아르덴 전기

아모르시아의 얼굴에 당혹감이 어렸다.

루틴의 등장으로 400년을 기다려온 대업이 다 무너지게 될 판국이었다.

그녀에겐 듀란달이 반드시 필요했다.

신검만이 아모르시아와 오리진들을 지켜줄 것이며, 에덴을 다시 건국하게 할 수 있다.

하지만 신검 듀란달은 루틴의 손에 들어갔다.

아모르시아가 아무리 전력을 다한다 해도 신검을 당할 수는 없는 노릇이다.

"그럼 위대한 신의 권능을 휘둘러 볼까?"

루틴이 듀란달을 높이 들어 올렸다.

순간 검날에서 찬란한 빛이 일어 6명의 오리진들을 휘어 감았다.

어마어마한 신성력이 오리진의 몸을 옭아매니, 움직임이 봉쇄되어 손가락 하나 까딱할 수가 없었다.

신성의 목걸이는 지상의 모든 힘을 무력화시킬 수 있으나 신성력만큼은 예외였다.

"아티모르. 목걸이를 빼앗아라."

루틴의 명이 떨어지자 아티모르가 바람처럼 움직여 하우랑을 제외한 나머지 오리진들의 목걸이를 회수했다.

이제 오리진들은 더 이상 세상의 힘을 거부하지 못한다.

"가는 길은 고통스럽지 않게 보내주지."

루틴이 말을 하며 한 손을 앞으로 뻗었다.

그리고 8서클 마법을 시전했다.

"그라운드 오브 퓨리."

그라운드 오브 퓨리는 그라함 왕국과의 전쟁에서 수많은 이의 목숨을 앗아간 마법이었다.

마법사가 시전을 원하는 지점에서부터 주위 50미터 내의 생명체는 모두 죽어버린다.

마법의 시전 범주에서 벗어나지 않는 이상 멀쩡히 살아남을 수 있는 생명체는 없었다.

그것은 오리진들도 마찬가지였다.

"크윽… 크하악!"

하우랑이 가장 먼저 오공에서 피를 쏟으며 주저앉았다.

뒤를 이어 다른 오리진들도 하우랑과 같은 몰골이 되 널브러졌다.

아모르시아라고 다를 것이 없었다.

하지만 그녀는 끝까지 서서 버텼다.

고막이 터지고, 코와 이에서 피를 토하는데도 매서운 시선으로 루틴을 노려보았다.

그러다 어느 순간.

퍽!

그녀의 몸이 터져 버렸다.

그리고.

퍼퍼퍼퍼퍽!

나머지 오리진들도 모두 조각조각이 나 다진 고깃덩이가 되었다.

그제야 루틴은 신성력을 거두어 들였다.

"끝났군."

400년을 기다린 것 치곤 너무나 허무한 최후였다.

루틴이 없었다면 오리진들은 에덴을 건국해 세상에 거대

한 획을 그을 사건을 일으켰을 것이다.

하지만 결국 그러지 못했다.

그들의 꿈은 그저 꿈으로만 남아 흩어졌다.

"그러니까 갈 곳 없는 거지같은 것들을 보살펴 줬는데 뒤통수 치면 안 된다는 거야."

오리진의 시신을 보며 비아냥댄 루틴이 듀란달을 허리춤에 찼다.

십존들은 무자비한 루틴의 행태에 이가 갈렸다.

하지만 누구도 뭐라고 할 수가 없었다.

다리아는 여전히 루틴의 그랜드 리치였기 때문이다.

루틴은 듀란달의 날을 어루만지며 클클거렸다.

"이것이 듀란달. 신검이라더니 역시 명불허전이군. 비로소 손에 넣었어. 듀란달. 네가 날 대륙의 지배자로 만들어 줄 거야. 그렇지? 크, 크큭! 크하하하하하하!"

루틴은 미친 듯이 웃어댔다.

그러다 갑자기 웃음을 뚝 그쳤다.

그가 두 손으로 듀란달을 고쳐 쥐었다.

그리고 듀란달에 담긴 신성력을 있는 대로 끌어냈다.

듀란달의 검신에서 밝은 빛이 일었다.

그 빛은 점점 더 찬란하게 빛났다.

나중엔 모든 이들이 눈이 부셔 차마 듀란달을 바라보지 못할 정도가 되었다.

급기야 듀란달에서 뿜어진 빛이 사위를 하얗게 물들였다.

신검의 모든 힘이 개방되었다.

하지만 이건 루틴이 원했던 그림이 아니었다.

차원의 틈을 벌리려면 듀란달의 힘이 이렇게 분산되면 안 된다.

한 곳에 집중되어야 한다.

루틴은 사방으로 퍼져 나간 신성력을 모두 끌어모았다.

그러자 환한 빛이 빠르게 검날로 갈무리 되었다.

"이거야."

루틴이 입꼬리를 말아 올렸다.

드디어 그가 원하는 대로 되었다.

루틴은 검을 높이 들어, 있는 힘껏 그어 내렸다.

"이야아아아아압!"

우렁찬 기합과 함께 듀란달이 휘둘러졌다.

순간.

쩌적! 쩌저적!

듀란달이 긋고 내려온 궤적을 따라 차원의 틈이 벌어지기 시작했다.

이를 본 루틴이 목이 터져라 소리쳤다.

"차원의 틈이 열렸나이다! 마왕이시여! 다시 강림하소서!

마왕이시여! 이 루틴을 도와주소서! 저를 당신의 종으로 삼아 이 세상을 가지소서! 마왕이시여어어어어어어!"

쩌저적! 쩌적!

차원의 틈이 더욱 크게 벌어졌다.

그리고 루틴의 외침에 대답이라도 하듯, 그 안에서 검은 연기가 솟구쳤다.

화아아아아아악!

마치 먹구름처럼 차원의 틈새에서 흘러나온 검은 연기가 루틴의 앞에서 한데 뭉쳤다. 그리고 사람의 형상을 갖추는가 싶더니 곧 훤칠한 키와 검은 장발을 가진 매력적인 미남으로 변했다.

그는 검은 옷에 검은 망토를 둘렀고, 정수리에도 검은 뿔이 돋아나 있었다.

모든 것이 검은색인데 오직 눈만큼은 피처럼 진한 붉은색이었다.

사내가 천천히 루틴을 바라보았다.

순간 숨 막히는 위압감이 루틴을 짓눌렀다.

"크흡!"

루틴은 저도 모르게 신음을 흘리며 절로 무릎을 꿇었다.

그것은 루틴이 처음으로 느껴보는 지독한 공포며 절망이었다.

상대의 기운을 느끼는 것만으로도 전의가 사라져 목숨을 구걸하고 싶은 심정이 들 줄이야.

십존들도 예외는 아니었다.

루틴을 짓누른 기운이 십존들에게 닿는 순간, 너 나 할 것 없이 일제히 무릎을 꿇고 말았다.

그러자 사내의 입가에 차가운 미소가 어렸다.

"그래. 날 대할 때는 항상 그렇게 무릎을 꿇어야 한다."

사내의 음성은 음산하고 오싹하기 그지없었다.

루틴과 십존들은 그 어마어마한 존재감에 사내가 누구인지 확실히 알 수 있었다.

루틴이 있는 힘을 다 짜내어 사내에게 말했다.

"하찮은 존재가 마왕 그라삭스님을 뵈옵니다."

사내는 바로 드래곤에 의해 마계로 내쫓겼던 마왕 그라삭스였다.

십존들은 마왕이라고 하면 드래곤처럼 거대한 덩치에 무시무시한 외형을 가진 괴물일 것이라 생각했다.

하지만 아니었다.

뿔을 제외한 외모만 보자면 보통의 사람과 별 다를 바가 없었다.

저 작은 몸으로 드래곤과 막상막하의 전투를 벌였다니.

그야말로 놀랄 노 자였다.

그라삭스가 루틴에게 물었다.

"네 이름이 뭐냐."

"루틴이라고 하옵니다."

"네가 날 깨웠구나."

"그렇습니다."

그때, 루틴의 손에 쥐어져 있던 듀란달에 쩌저적! 금이 가더니 가루가 되어 파괴되었다.

"……!"

루틴이 놀라 듀란달의 파편을 바라보았다.

"놀랄 것 없다. 듀란달은 차원의 틈을 만들며 힘을 다해 파괴된 것이니."

차원의 틈을 여는 것이란 그만큼 어려운 일이다.

세라핌이 사용했던 기술, 블랙홀과는 완전히 달랐다.

블랙홀은 엄청난 중력으로 주변의 모든 것을 끌어들여 완전히 분해해 버리는 능력이다.

차원 자체를 어찌할 수는 없었다.

"루틴."

그라삭스가 루틴을 불렀다.

"네, 마왕이시여."

"날 이곳으로 재림하도록 애쓴 네게 선물을 주겠다."

그라삭스의 손이 루틴의 머리에 얹어졌다.

루틴이 몸을 움찔 떨었다.

마왕의 손은 차가웠다.

머리가 시원해질 만큼, 몹시도 차가웠다.

손이 아니라 얼음장을 정수리에 올려놓은 것 같았다.

"받아들이거라."

그라삭스의 음성이 다시 들려온 다음, 루틴은 정수리를 통해 기이한 기운이 밀려 들어오는 것을 느꼈다.

"으으음……."

생전 느껴보지 못한 묘한 기분에 루틴이 신음을 흘렸다.

루틴의 전신으로 퍼져나간 기운은 갑자기 미친 듯 요동치기 시작했다.

그에 따라 루틴에게 격한 쾌락이 찾아왔다.

오르가즘보다 몇 십 배는 더 격렬한 쾌락 앞에 루틴은 몸을 바들바들 떨었다.

그러는 와중 루틴의 머리카락이 검게 변했다.

정수리에 작은 뿔이 돋아났고, 눈은 붉은 색으로 물들었다.

피부는 마치 병에 걸린 사람 마냥 하얗게 되었다.

그라삭스가 루틴의 머리에서 손을 떼었을 때, 그는 완벽한 마인으로 거듭나 있었다.

루틴은 전과 비교할 수 없을 만큼 용솟음치는 기운을 느끼며 몸을 일으켰다.

"기분이 어떻지?"

그라삭스가 물었다.

"날아갈 것 같습니다."

루틴이 씩 웃었다.

이제는 마왕에게서 느껴지던 기운이 위압이 아닌 포근함으로 다가왔다.

"너는 내게 축복을 받아 마인이 되었다. 넌 내가 일으키는 모든 전쟁에 선봉장이 될 것이며, 수많은 승리를 가져오는데 노력해야 할 것이다."

"목숨을 바쳐 그리 하겠습니다."

루틴이 마인이 된 이상, 마왕이 죽지 않는 한은 그 역시도 죽을 일이 없었다.

아무리 육신이 부서진다고 해도 다시 재생할 수 있게 되었다.

그라삭스가 십존을 가리키며 물었다.

"저들은 널 따르는 자들이더냐? 그렇다며 내 친히 너에게 준 것과 같은 선물을 내리도록 하겠다."

"아닙니다. 어쩔 수 없이 저와 함께하는 이들입니다."

"그렇다면 더더욱 마인으로 만들어야겠구나. 말을 듣지 않는 개는 필요 없는 법이지."

"외람되지만 그들은 그냥 놓아두는 게 좋을 듯합니다."

"이유가 무엇이냐."

"마인이 되면 저들은 저와 마왕님을 따르며, 제가 행하는 모든 일들에 기꺼이 동참하겠지요. 아주 즐거운 마음으로. 하지만 그게 마음에 들지 않습니다. 저들이 인간의 마음으로 더더욱 큰 절망을 느끼는 걸 보고 싶습니다."

빠드득!

그 말에 아티모르가 이를 갈았다.

한데 그런 아티모르의 반응이 그라삭스를 더 즐겁게 만들었다.

"그거 아주 좋은 생각이구나. 그리하도록 하지."

그라삭스와 루틴이 나누는 대화는 하나 같이 십존들의 염장을 뒤집어지게 만들었다.

하지만 그 누구도 나설 수 없었다.

이번엔 다리아 때문이 아니었다.

마왕의 절대적 위압이 그들을 강제로 짓누르고 있기 때문이다.

그것은 데미갓의 경지에 이른 아르디엔은 비교도 되지 않을 정도로 어마어마했다.

십존은 모두 크나큰 절망을 느꼈다.

'끝났다. 아르디엔도 마왕을 막을 수는 없어. 모든 게 다 끝나고 말았다.'

아티모르는 저도 모르게 그리 생각했다.

강인한 정신을 가진 그가 무얼 해볼 생각도 못한 채, 절망을 느끼다니.

평소 같았다면 있을 수 없는 일이었다.

"여기는 어디냐."

그라삭스의 물음에 루틴이 즉각 대답했다.

"마우엘이라는 마을입니다. 이그드라엘 대륙의 삼대강국 중 하나인 라테아만에 속한 곳이지요."

"그럼 인간들도 제법 있겠군."

"그렇습니다."

"가자. 이 국가의 모든 인간들을 마인으로 만들어야겠다."

그라삭스가 걸음을 옮겼다.

그 뒤를 루틴과 다리아가 따랐다.

나머지 십존들은 그라삭스가 멀어지고 난 뒤에야 겨우 일어설 수 있었다.

"…어떻게 할 거지?"

제펠이 아티모르에게 물었다.

아티모르는 멀어지는 세 사람의 뒷모습을 바라보다가 힘들게 대답했다.

"다리아가 저기 있어. 따라간다."

"젠장! 이건 다 안 좋다! 하나도 안 좋아! 빌어먹을… 마왕이라니… 이게 말이나 돼?! 저놈들을 따라 다녀야 한다니!"

학센이 분함에 자기 가슴을 쾅쾅 두들기며 소리쳤다.

"어쩔 수 없잖아. 그럼 너 혼자 여기 남을래?"

아리나가 학센에게 핀잔을 주었다.

하지만 그녀의 심경 역시 마왕을 따라가기는 싫었다.

"언제부터 우리가 이런 처지가 된 건지."

모디안이 고개를 절레절레 저으며 툴툴댔다.

그런 모디안의 옆구리를 실리안이 쿡 찔렀다.

"뭐야? 해보자는 거야?"

모디안이 눈을 희번득이며 그녀를 노려봤다.

실리안은 그의 귀에 입을 가까이 가져가 속삭였다.

"그런 말 하면 아티모르가 뭐가 돼."

"…젠장."

모디안은 자신의 실수를 깨닫고 입을 다물었다.

아티모르는 굳어버린 석상처럼 한참 동안 제자리에서 서 있다가 떨어지지 않은 걸음을 겨우 옮겼다.

십존들은 하나 같이 착잡한 심정으로 아티모르를 따랐다.

Chapter 12
마왕 군단

아르디엔 전기

대륙력 381년 3월.

처음엔 아무도 사태의 심각성을 인지하지 못했다.

세상이 너무나도 평온했던 탓이다.

그러다 라테아만에 무언가 문제가 생겼다는 것을 하나 둘 인지하기 시작했을 땐 너무 늦어 있었다.

마왕 그라삭스는 아주 은밀하고 신속히 행동했다.

그는 단 한 달 만에 라테아만 왕국의 수 많은 인간들을 마인으로 만들었다.

라테아만은 그라함 제국과 마도국을 포함, 현 삼대강국 중 하나인 곳으로 인구수만 500만에 달했다.

그들 중 200만의 인구는 마침 타국에 있다든가, 이상한 낌 새를 치고 일찍 도망치는 바람에 변을 당하지 않았다.

하지만 300만이라는 이들이 모두 마인으로 변해버렸다.

그라삭스는 루틴을 필두로 300만의 마인군단을 만들어 라테아만을 대륙 정벌의 전초지로 삼았다.

십존은 마인이 되지는 않았지만 피를 토하는 심정으로 마왕군의 일원이 되어야만 했다.

마왕이 재림했다는 소식은 전 대륙으로 퍼져나갔다.

모든 국가가 바짝 긴장했고, 그라함 제국에서는 빠르게 대륙회담이 열렸다.

*   *   *

대륙회담에는 각국의 주요 인사들이 국왕 대리의 자격으로 참석했다.

아르디엔도 대륙회담에 한 자리를 차고 앉아 있었다.

대륙회담에서는 마왕군을 대륙공적으로 선포하자는 안건과 함께 당장 모든 국가가 한데 모여 마왕군의 세력이 더 불어나기 전에 전쟁을 일으켜야 한다는 안건이 나왔다.

모두가 같은 생각이었기에 회의는 다른 때와 달리 빠르게 끝났다.

전 대륙의 모든 국가는 마왕군 토벌을 위해 그라함 제국으로 병력을 아낌없이 보내왔다.

전쟁에 참여할 군사들이 모이기까지 걸린 시간은 2달이었고, 그 수는 총 2,500만 대군이었다.

지금껏 통상적으로 그만한 병사가 모인 시간들을 비교하자면 말도 안 되게 빠른 행동이었다.

이 모든 것이 그라함 제국의 뛴다 난다하는 인재들의 도움이 있었기에 가능했다.

그중에서도 가장 큰 역할을 한 이는 라미안과 마리엘이었다.

평소엔 그다지 대화도 없는 그 둘이 시너지를 발휘하자 놀라운 일이 벌어졌다.

마리엘은 라미안을 데리고 전국 각지로 공간이동을 했다.

마리엘은 평소에 여행을 좋아해서 크라임과 전 대륙 각지 다녀보지 않은 곳이 없었다.

때문에 어느 왕국이든 공간이동을 할 수 있었다.

라미안은 마리엘이 공간이동을 하면, 그 왕국에다 텔레포트 마법진을 만들었다.

그것도 일반적인 마법진이 아니라 한 번에 최대 오백 명이 이동할 수 있는 거대 마법진을 만들어낸 것이다.

그렇게 마법진을 각국에다 만들어 그라함 제국의 수도로 통할 수 있게 하니, 군사들이 빠르게 모일 수 있었던 것이다.

그리하여 마왕군에 대항하는 제국연합군이 만들어졌다.

한데 문제는 2달 동안 마왕군의 세도 어마어마하게 불어버렸다는 점이다.

제국연합군은 전쟁에 출전할 수 있는 자격요건을 갖춘 이들만 징집이 가능하다.

하지만 마왕은 눈에 보이는 인간들은 무조건 마인으로 만들어 버린다.

때문에 2달 전엔 500만이었던 세력이 지금은 2,000만으로 불어 있었다.

마왕은 라테아만을 시작으로 계속 그라함 제국 쪽으로 진군하며 맞닥뜨리는 인간들을 닥치는 대로 마인화시켰다.

마왕군의 덩치가 불어날수록 사람들의 불안감도 덩달아 커져갔다.

그 예전, 인마전쟁이 발발했을 당시의 기록을 보면, 어마어마한 사람들이 죽어나갔고, 수많은 왕국이 폐허가 되었다고 한다.

한데 그 마왕이 강림했다.

인마전쟁은 이미 막을 수 없는 상황이며, 혹여라도 마왕군이 이기게 된다면 인간들의 세상은 막을 내리게 될 것이다.

제발 그런 일이 일어나지 않기를.

지금껏 이어져오던 평화를 계속 유지할 수 있기를.

사람들은 간절히 바랐다.

그 바람이 그저 바람으로 끝나지 않도록 제국연합국이 승리할 수 있도록 악테르사 신께 매일 같이 기도드렸다.

한데 마왕군의 쇄도 앞에서도 사람들이 이렇게 희망을 잃지 않고 기도를 하며, 싸움에서 승리하길 바랄 수 있는 원인은 따로 있었다.

모든 이들이 믿어 의심치 않는 사람.

지금껏 숱한 기적을 만들어낸 살아 있는 전설.

'아르디엔 하멜 공작.'

이번에도 그가 기적을 일으켜 주기를 전 대륙의 모든 이들은 한 마음으로 기원했다.

*　　　　*　　　　*

제국연합군은 마왕군의 진격 루트를 향해 쉼 없이 달렸다.

조금이라도 빨리 마왕군과 맞딱드려야 했다.

그렇지 않으면 마왕의 손에 의해 마인이 되어버리는 애꿎은 희생자들만 더 늘어날 것이다.

마왕군은 제국연합군이 다가오는 동안 그새 또 세를 불려

2,100만의 마인을 거느리게 되었다.

이후에는 마인뿐만 아니라 이제는 몬스터들까지 마왕에게
지배당해 따르고 있었다.

몬스터들의 수까지 모두 합하면 총 2,300만의 대군이 되었
다.

그렇게 어마어마할 만큼 세력이 커졌을 무렵, 드디어 갈피
아덴 평원에서 제국연합군과 마왕군이 대치하게 되었다.

*   *   *

몬스터와 마인으로 우글거리는 마왕군의 진영을 본 제국
연합군은 온몸에 소름이 돋을 만큼 오싹함을 느꼈다.

역사 속에서만 회자되던 그 마인들을 직접 마주하게 되다
니!

전쟁을 벌이기 전부터 겁이 났다.

마인의 기록에 대해 보자면 힘이 코끼리와 같고 빠르기는
치타 같으며 고통을 쾌락으로 느껴 죽음을 두려워하지 않는
다 했다.

한마디로 마인들은 피를 보기 위해 태어난 이들이다.

하지만 제국연합군이 싸워야 할 마인들은 처음부터 마인
이었던 자들이 아니다.

모두 인간들이 마인화 되어버린 것이다.

그걸 익히 알고 있으니 더더욱 이 전쟁이 달갑지 않았다.

그러나 이미 피할 수 없는 상황이다.

제국연합군은 여러 가지 복잡한 감정이 뒤섞인 마음을 정리하기 위해 애썼다.

이번 전장의 총지휘관은 고르다스 대공이 아닌 아르디엔이었다.

고르다스 대공도 나이를 먹는지라 이제는 많이 노쇄해 건강이 나빠져서 어쩔 수 없이 전쟁에 참여하지 못했기 때문이다.

제국연합군의 선봉에는 하멜 공작가의 장수들이 섰다.

하늘에선 이그나이트가 날개짓을 하고 있었다.

마왕군의 선봉엔 마왕 그라삭스와 루틴, 그리고 대륙십존이 서 있었다.

아르디엔의 시력은 인간의 범주를 초월해 있었다.

이제는 마음만 먹으면 얼마든지 완전체에 들어설 수 있는 그다.

평소에는 줄곧 데미갓의 상태를 유지하고 있다.

그러니 두 군단 사이의 거리가 제법 멀었어도 충분히 십존들의 면면을 파악할 수 있었다.

'십존들이 왜 저기에?'

의문이었다.

아티모르의 성정 상 절대 루틴과 손을 잡을 사람이 아니었다.

그런데 그는 루틴의 곁에 서서 적이 되어 제국연합군과 대치하고 있었다.

무언가 어쩔 수 없는 사정이 있을 것이라고 아르디엔은 생각했다.

그의 시선이 옆으로 움직여 루틴에게 고정되었다.

루틴의 머리카락은 검었고 눈동자는 피처럼 붉었다.

정수리에는 작은 뿔까지 돋아 있는데다가 피부가 백설처럼 하얀 것이 전형적인 마인의 모습이었다.

'그럼 마왕은?'

아르디엔은 가장 선두에 서 있는 자를 살폈다.

그는 루틴을 비롯한 다른 마인들과 비슷한 외형을 하고 있었지만 키가 머리 하나는 더 컸고 뿔도 더욱 거대했다.

게다가 전신에서 풍겨지는 위압감이 제국연합군이 있는 진영까지 느껴졌다.

아르디엔은 그가 바로 마왕이라는 것을 알 수 있었다.

반대로 마왕도 제국연합군의 진영을 살폈다.

우선 가장 먼저 눈에 들어온 것은 하늘에 떠 있는 드래곤이었다.

"저 드래곤은… 영혼이 없군. 그 오래전 나와 싸울 때와는 비교도 안 될 만큼 약해 보이는데."

그러자 루틴이 얼른 대답했다.

"본래는 제가 다스리던 드래곤이었습니다. 그런데 빼앗기고 말았지요."

"빼앗겨?"

"네. 아르디엔이라는 놈에게 빼앗겼습니다. 제국연합군에서 가장 조심해야 할 인물이 바로 그 녀석입니다."

"아르디엔이라. 재미있겠어."

"만만히 볼 놈이 아닙니다. 물론 마왕님에 비하면 사람 앞의 개미나 다름없겠으나……."

"잠깐."

그라삭스가 루틴의 말을 끊었다.

그는 제국연합군의 선두에 선 사내, 아르디엔을 유심히 살폈다.

그러더니 입꼬리를 말아 올리며 얘기했다.

"그 정도는 아니야."

"네?"

"아르디엔이라는 놈, 그렇게 약한 놈이 아니라는 얘기다. 강해. 그것도 대단히. 만약, 지금 저 드래곤이 예전의 온전한 힘을 갖고 있다 하더라도 녀석을 상대하긴 힘들 거야."

루틴은 고개를 갸웃거렸다.

"아르디엔이 확실히 대단한 인간이긴 하지만 그 정도는 아니었습니다."

루틴은 마도국과 그라함 왕국이 전쟁을 벌였을 때의 아르디엔을 기억하고 있었다.

그 이후로는 아르디엔과 마주칠 일이 없었으니 그가 얼마나 성장했는지 알 길이 없었다.

설사 전보다 강해졌다고 해도 인간의 한계라는 게 있으니 마왕에겐 아무것도 아닌 수준일 것이라 생각했다.

그런데 그라삭스는 아르디엔이 드래곤과 싸워도 지지 않는다고 말한다.

그에 루틴은 해머리도 머리를 맞는 듯한 충격을 받았다.

"저 녀석이… 그렇게 강하단 말씀입니까?"

"더 정확하게 말해줄까? 아르디엔을 잡지 못하면 이 전쟁에 승산은 없다."

그라삭스는 이미 아르디엔을 자신의 호적수로 보고 있었다.

루틴은 그런 그라삭스의 말이 놀라웠으나 의심할 수는 없었다.

마인에게 마왕의 한마디 한마디는 절대적인 법.

"그럼 아르디엔에게 총공격을 퍼붓는 것이?"

"전군, 무조건 돌격한다. 아르디엔은 내가 상대한다."

말을 마친 그라삭스가 허공으로 몸을 띄웠다.

그의 전신에서 검은 마기가 뿜어져 나와 넘실거렸다.

그라삭스는 빠르게 하늘을 날아 제국연합군의 진영으로 향했다.

이에 루틴이 크게 소리쳐 명령을 내렸다.

"진격하라!"

우와아아아아아아!

우레와 같은 함성을 울리며 마왕군이 돌진했다.

그러자 지축이 모래구름이 일며 지축이 흔들렸다.

아르디엔 역시 가만히 있지 않았다.

"라미안!"

라미안이 그에게 다가와 공중부양마법을 시전했다.

"레비테이션!"

아르디엔이 그라삭스와 마찬가지로 하늘 높이 솟구쳤다.

"돌격하라!"

아르디엔의 명령에 제국연합군도 달려 나갔다.

"이그나이트! 연합군을 도와라!"

"크롸아아아아아!"

이그나이트가 아르디엔의 명을 받들어 낮게 비행하며 제국연합군을 엄호했다.

아르디엔은 허공을 날아오는 그라삭스에게 향했다.

아르디엔과 그라삭스는 순식간에 서로의 거리를 좁혔다.

두 사람이 부딪히기 전.

파지직! 파직!

마기와 초월령이 먼저 부딪혀 기이한 스파크를 튀겼다.

두 사람은 적당한 거리를 두고 비행을 멈췄다.

그라삭스가 서늘한 미소를 머금은 채 말했다.

"인간 중에 너 같은 녀석이 있다니, 의외군. 첫 만남이니 이름이나 나눌까. 그라삭스라고 한다."

"개소리 집어치우고. 지금이라도 네가 있던 곳으로 돌아간다면 영원히 소멸당하는 일은 없을 거다."

"하하하하! 거칠군, 거칠어! 나쁘지 않아. 그런데 그런 말은… 강한 자가 약한 자에게 할 수 있는 거 아닌가?"

"마왕치고는 정신없이 촐싹거리는구나. 언제까지 입으로 떠들 거지?"

아르디엔은 마왕 앞에서 전혀 위축되지 않고 도발을 일삼았다.

마왕 역시 그가 자신을 도발한다는 걸 알고 있었다.

마왕이 피식 웃었다.

"생각보다 말을 잘 하는 편은 아니구나."

"말보단 행동으로 하는 타입이지. 이렇게."

갑자기 아르디엔의 모습이 사라졌다.

그는 마왕의 뒤에서 거짓말처럼 나타나더니 주먹을 뻗었다.

마왕은 이미 그걸 알고 있었다는 듯, 가볍게 하강해 주먹을 피했다.

그런 마왕을 아르디엔이 쫓아가 정수리를 발꿈치로 내려 찍으려 했다.

뻐억!

마왕이 주먹을 휘둘러 아르디엔의 발꿈치를 가격했다.

파지직! 파직!

또다시 두 사람의 기운에 허공에서 스파크가 튀었다.

아르디엔은 다시 마왕을 공격해 들어갔다.

마왕은 아르디엔의 공격을 피하거나 막아냈다.

찰나의 시간 동안 숱한 공방을 주고받은 두 사람이 떨어져 섰다.

"이게 다인가?"

마왕이 물었다.

"설마, 그러려고."

아르디엔이 어림도 없다는 듯 대답했다.

그때.

"으아아아악!"

"끄아악!"

전장에서 애달픈 비명이 들려왔다.

아르디엔은 반사적으로 고개를 숙였다.

평야 위에 두 군단이 드디어 격돌했다.

루틴을 필두로 한 십존과 마인들이 무서운 기세로 인간들을 도륙했다.

죽음을 두려워하지 않고, 기본적으로 인간보다 강인한 육신을 가진 마인이다.

그들을 상대하는 것만도 벅찬데 십존까지 가세하니 그 위세가 어마어마했다.

게다가 천지에서는 루틴의 8서클 급 마법이 쉴 새 없이 시전되고 있었다.

아르디엔은 다시 시선을 들어 그라삭스를 바라보았다.

마왕을 최대한 빨리 없애는 것.

그것 외에 이 전쟁을 최대한 피해 없이 종결시킬 방법은 없었다.

Chapter 13
아르디엔 VS 마왕 그라삭스

아르디엔 전기

하멜 후작가의 장수들은 마인을 뒤로 하고 십존들에게 한 명씩 붙어 그들을 상대하기로 했다.

서열 10위 뇌전창 실리안 콴은 하멜 공작가의 기사단장 페스토치가 막아섰다.

실리안이 그런 페스토치를 보며 코웃음 쳤다.

"나한테 까불었다가 호되게 당했던 거 있었지?"

"그때랑은 많이 다를 겁니다."

십존과 하멜 공작가의 사람들이 일대일 토너먼트를 벌인 것은 십여 년 전 일이다.

그동안 페스토치는 죽을힘을 다해 수련에 임했다.

아르디엔과 케이아스가 직접 그를 가르친 덕분에 실력이 일취월장해서 지금은 마스터급의 오러를 구사하는 오러 마스터가 되어 있었다.

실리안이 스파크가 이는 창을 페스토치에게 겨누었다.

"간다."

"얼마든지요."

두 사람은 누가 먼저랄 것도 없이 달려 나가 맞붙었다.

십존의 서열 9위 신궁 람 위나드에겐 라미안이 붙었다.

"와아~! 우리 또 만났네? 이번엔 이긴다!"

람이 어린아이처럼 좋아하며 소리쳤다.

"당신들이 왜 이토록 그릇된 길을 가고 있는지 모르겠어요."

라미안이 고개를 저으며 안타까워했다.

람은 히죽 웃어보였다.

"아티모르가 아픈 건 싫으니까."

그 말이 무엇을 의미하는지 알 수 없었다.

지금 중요한 건 이건 겪어야 하는 싸움이라는 것이다.

람이 화살에 살을 먹이고 라미안을 겨누었다. 라미안도 빠르게 마법을 시전했다.

십존 서열 8위 레인저킹 제니아 보하르는 디스토가 상대하게 되었다.

그녀는 자신의 앞을 막아선 디스토에게 고개 숙여 사과부터 했다.

"우리가 잘못되었다는 걸 알아요. 하지만 어쩔 수 없음을 이해해 주세요."

디스토가 고개를 모로 꺾어 그녀를 삐딱하게 바라보았다.

"예나 지금이나 예의 바른 척하면서 재수 없게 구는 꼴은 여전하네. 잔말 필요 없고 그냥 덤벼."

"…알겠습니다."

제니아의 두 손이 양 옆으로 쫙 펼쳐지며 무수한 암기가 쏟아져 나갔다.

디스토가 땅, 불, 바람, 물의 상급 정령 네 마리를 소환시킨 뒤, 마법을 시전하며 그런 제니아에게 맞섰다.

십존 서열 6위 야차왕 학센의 앞을 막아선 건 마렉이었다.

학센이 큰 코를 벌름거리며 마렉에게 소리쳤다.

"저번에 그렇게 혼나놓고도 정신을 못 차린 거야! 너 안 좋아! 이런 겁 없는 행동 하나도 안 좋아!"

마렉이 크림슨 두 자루를 어깨에 턱 걸치고서 이죽거렸다.

"그때는 요행히 이겼는데 다시 붙을 생각하니까 불알이 쪼그라드냐!"

"시끄럽다, 이노옴!"

"와라! 크림슨의 아가리에다 네놈 목을 쳐 넣어주마!"

콰아아아앙!

마렉의 크림슨과 학센의 철봉이 부딪히며 엄청난 충격파가 일었다.

십존 서열 5위 투왕 아리나 유엘에 대적한 사람은 마리엘이었다.

"이게 누구야? 나한테 떡 된 언니네?"

"이제는 아줌마 됐거든. 근데 애가 안 들어서서 그때보다 더 사나워졌으니까 조심해."

두 여인은 더 이상 오고가는 말없이 육탄전을 벌였다.

십존 서열 4위 흑제 일레인 제펠을 상대하게 된 이는 크라임이었다.

"모른 척 해줄 수는 없겠지."

일레인의 말이었다.

"대답은 듣지 않아도 네가 더 잘 알거야."

"…간다."

두 사람의 신형이 갑자기 사라졌다.

그리고 허공엔 각종 암기들만이 사방으로 날아가며 요란할 뿐이었다.

살수들의 싸움이란 늘 그런 식이었다.

십존 서열 3위 몽상마법사 가르틴 레미엔은 하멜 공작가와 붙었을 때 제피아가 상대했었다.

한데 지금 제피아는 그라함 제국에 없다.

해서, 그를 마크할 이렇다 할 인물이 하멜 공작가엔 존재치 않았다.

그런데 그를 상대하고자 나선 이가 있었으니, 베르체스였다.

그녀는 네 가지 속성의 최상급 정령 넷을 소환해서 가르틴 앞에 섰다.

최상급 정령들은 한 마리 한 마리의 크기가 거대한 저택만 했으므로 비쥬얼만으로도 위압감이 어마어마했다.

"몽상마법사 가르틴이죠? 당신이 지금 얼마나 쪽팔리고 어처구니없는 짓을 벌이는 건지, 그 못난 입에서 제발 살려달란 소리가 나올 때까지 제대로 털어버린 다음, 훈계해 드리죠."

베르체스가 특유의 악담을 던진 뒤, 바로 공격에 들어갔다.

정령들이 갑자기 정령 마법을 가르틴에게 쏘다대는 바람에, 그는 뭐라고 한마디 내뱉을 새도 없이 싸움에 임해야 했다.

십존 서열 2위 광제 모디안 판트를 상대하게 된 이는 케이아스였다.

"또 만났네, 미친놈."

모디안이 씩 웃으며 말했다.

"벌써부터 두근거리지? 똘아이."

케이아스가 지지 않고 맞받아쳤다.

이후 더 오가는 말은 없었다.

두 사람은 검을 꺼내들고 서로에게 무섭게 달려갔다.

십 년 전, 십존 서열 1위 검황 아티모르 마렌을 상대했던 건 아르디엔이었다.

한데 지금 아르디엔은 마왕 그라삭스와 일전을 벌이는 중이었다.

때문에 그를 상대할 만한 장수가 없었다.

한데 누군가가 마인들의 모가지를 하나하나 꺾으며 아티모르에게로 다가왔다.

마치, 이쑤시개를 부러뜨리듯 너무나 쉽게 마인을 제압하며 다가온 그 사내는 다름 아닌 제피아였다.

"제피아."

아티모르가 지척에 선 그의 이름을 불렀다.

"제국연합군이 마왕군과 붙는다길래 속세에 미련을 버리고 여행 중인 몸이라지만 안 와볼 수가 있어야지. 한데 십존들이 마왕군에 서서 이런 몰상식한 짓거리를 일삼고 있는 줄은 몰랐군."

"…사정이 있으나 이해해 달라 하진 않겠소. 그대가 날 막을 것이오? 그렇다면 최선을 다하시오."

아티모르가 보검 라우렌을 꺼내들었다.

"그 말, 그대로 돌려주지."

제피아의 전신에서 다크 마나가 일렁였다.

마치 거산과 같은 두 사내가 무섭게 부딪혔다.

*　　　*　　　*

루틴은 전쟁이 시작된 이후부터 쉴 새 없이 광소를 터뜨리며 대륙연합군을 학살하고 있었다.

그때 아주 익숙한 음성의 그의 귓전을 때렸다.

"미쳤다, 미쳤다 했더니, 제대로 미친놈이 돼서 돌아왔네?"

루틴은 광소를 그치고 소리가 들려온 곳을 바라보았다.

거기엔 아스크가 서늘한 미소를 머금고 서 있었다.

아스크는 마도국의 국왕이자, 최강자였기에 국왕으로서는 유일하게 이 전쟁에 참여한 사람이었다.

"아스크."

루틴의 눈이 광기에 젖어 번들거렸다.

"반가워 뒈지겠지? 진짜로 뒈지게 해줄게, 내가."

"크크큭! 마인이 된 내게 네가 뭘 할 수 있을 것 같으냐?"

"그러고도 남지. 네가 마인이 되는 동안 난 놀고먹었을까?"

그때 루틴의 눈짓 한 번에 아스크의 주변으로 몬스터와 마인들 수십이 우르르 몰려들었다.

아스크는 그들을 쳐다보지도 않았다.

대신 다크 마나를 몸 밖으로 내보냈다.

파아아아앙!

순간 밖으로 나온 다크 마나가 응축되었다가 폭발을 일으키며 달려들던 몬스터와 마인들이 가루가 되어 흩어졌다.

"까불지 말고 네가 와. 9서클의 경지가 무언지를 보여줄 테니."

"9서클……?"

"그래, 이 새끼야!"

아스크가 소리치는 순간 수백 가닥의 다크 마나가 루틴을 향해 날아갔다.

"크하압!"

루틴이 기합과 함께 두 손을 앞으로 내밀어 마기로 이루어진 보호막을 만들어냈다.

콰아아아아앙!

두 개의 어마어마한 기운이 부딪혔다.

아스크와 루틴.

두 사람의 끊이지 않았던 악연을 정리해야 할 때가 왔다.

＊　　　＊　　　＊

아르디엔이 완전체의 경지에 들어섰다.

이제는 언제든지 마음만 먹으면 완전체가 될 수 있는 아르디엔이었다.

그가 완전체로 버틸 수 있는 시간은 30분.

하지만 그 정도 시간이면 충분했다.

마왕을 제압하고 이 전쟁을 종결시키기에 말이다.

완전체가 된 순간, 아르디엔은 마왕 그라삭스의 힘이 너무나 작고 하찮게 느껴졌다.

그의 앞에 강림한 것이 마신이라면 모를까.

마왕은 신이 아니다.

신과 한없이 가까워진 아르디엔에겐 아무런 위협도 되질 않았다.

중요한 건, 그라삭스도 그것을 느끼고 있었다.

"……!"

걷잡을 수 없는 강렬한 기운에 압도된 그라삭스는 무슨 말을 할 수가 없었다.

승냥이 피하려다 호랑이를 만난다더니, 지금이 딱 그 격이었다.

지금 이 세상에 드래곤은 없었다.

이그나이트가 있다곤 하나, 살아생전의 드래곤과는 비교도 할 수 없을 만큼 약했다.

드래곤만 없다면 마왕은 자신을 상대할 수 있는 존재는 없다고 믿었다.

하지만 드래곤보다 더욱 엄청난 존재가 나타났다.

아르디엔이었다.

사실 처음 그를 봤을 땐, 전력을 다하면 충분히 제압할 수 있을 거란 생각이었다.

마왕은 오랜 시간이 지나는 동안 더욱 힘을 키웠기 때문이다.

아르디엔이 과거의 드래곤과 비슷한 수준이라면 얼마든지 이길 자신이 있었다.

그런데 그가 완전체로 변해 버리니, 도저히 어떻게 할 엄두가 나질 않았다.

아르디엔은 평온하기 그지없는 얼굴로 그라삭스를 가만히 바라보았다.

그러다 그가 문득 입을 열었다.

"마왕 그라삭스. 넌 내 경고를 무시했다. 지금이라도 돌아가면 너라는 놈 자체를 소멸시켜 버리지 않겠다고 했었다. 그런데 이제는 늦었어."

"……."

여전히 그라삭스는 말이 나오지 않았다.

아르디엔에게서 풍겨지는 숨막히는 위압감은 정신없이 뛰놀던 마인들까지 공포에 떨게 만들었다.

죽음에 대한 공포 자체가 없는 것이 마인이다.

그런데 그런 마인들이 원초적인 공포에 지배되어 불안해하고 있었다.

마인들의 모든 귀추는 아르디엔에게 집중되었다.

이미 아르디엔이 완전체가 되는 순간, 마인들은 그들이 전쟁터에 있다는 것도 잊고 아르디엔만 바라보았다.

아르디엔이 앞으로 손을 내밀었다.

그라삭스가 그에 흠칫하며 뒤로 물러났다.

"솔직히 나도 의외였다."

아르디엔이 말했다.

뭐가 의외라는 건지 그라삭스는 알 수 없었다.

한데, 다음 순간 그라삭스는 피가 거꾸로 치솟는 것을 느꼈다.

"마왕이라는 놈이 이토록 형편없을 줄은 몰랐으니까."

"하찮은 인간 주제에 감히… 마왕인 날 능멸하려 들어!"

그라삭스가 분노에 사로잡혀 마기를 뿜어냈다.

하지만 아르디엔에겐 여전히 우스울 뿐이었다.

완전체라는 것이 얼마나 대단한 것인지 아르디엔은 마왕

을 상대하며 느끼고 있었다.

솔직히 마왕을 맞닥뜨리기 전까진 약간의 근심도 있었다.

마왕은 대륙의 역사를 통틀어 봐도 최악의 재앙이었다.

때문에 아르디엔이 완전체가 된다고 해도 호락호락 이길 수는 없을 거라 생각했다.

한데 막상 대면하고 난 이후엔 그런 근심이 전부 사라졌다.

완전체인 아르디엔에게 마왕은 아무것도 아니었다.

아르디엔이 내민 손에서 청명한 기운이 맺혔다.

오색빛을 내며 찬란히 빛나는 그 기운은 초월의 힘이었다.

그라삭스는 초월의 힘에 본능적인 위험을 느끼며 계속 주춤주춤 물러났다.

'젠장할!'

그라삭스가 속으로 욕을 뱉었다.

대체 마왕이 이 무슨 추태란 말인가?

그것도 드래곤이 아닌 고작 인간 하나를 어쩌지 못해서 식은땀이나 흘리는 꼴이라니!

이건 말도 안 되는 일이었다.

"아르디에에에엔!"

그라삭스의 흰자가 온통 붉게 물들었다.

그의 몸에서 어마어마한 마기가 솟구쳤다.

그라삭스의 뿔이 배 이상 자라났고, 등엔 검은 날개가 펼쳐졌다.

입고 있던 옷은 갈갈이 찢기며 검은 털로 뒤덮인 몸이 드러났다.

엉덩이뼈에서는 검은 꼬리가 솟았다.

그것이 마왕 그라삭스 본연의 모습이었다.

그의 힘을 전부 개방한 것이다.

하지만 그럼에도 아르디엔에겐 적수가 되지 못했다.

그걸 그라삭스도 이미 잘 안다.

그렇다고 이렇게 꼴사나운 모습만 보일 수는 없었다.

"으아아아아!"

그라삭스가 모든 마기를 아르디엔에게 쏘아 보냈다.

순간 아르디엔의 손에서 나온 초월의 힘이 크게 퍼져 나갔다.

ㅊㅊㅊㅊㅊㅊㅊ.

초월의 힘은 아르디엔에게 날아들던 마기를 전부 정화시켰다.

그리고 계속 그 힘을 확장하여 넓혀가더니 그라삭스를 감싸 안았다.

"크아아아아아아악!"

돌연 그라삭스가 비명을 지르며 피를 토했다.

초월의 힘에 닿는 순간 그의 검은 털이 전부 빠지더니 피부가 쩍쩍 갈라졌고, 근육이 모조리 끊겼다.

"끄허… 어어어어!"

이어 그라삭스의 치아가 다 뽑혔다.

입 안의 볼이 전부 터져 피가 줄줄 흘러나왔다.

얼굴 가죽이 다 벗겨지더니 머리카락도 몽땅 녹아내리고 찢어진 근육 너머 드러난 뼈는 산산조각 나 버렸다.

"내가… 내가 겨우 이런 식으로… 말도 안 돼…….''

그건 정말 말도 안 되는 광경이었다.

마왕을 그토록 단숨에 제압할 줄은 아무도 예상치 못했다.

이미 이 사건은 기적이라는 말로도 설명이 되지 않았다.

차라리 꿈이 더 현실성 있게 다가올 만큼 기이한 광경이었다.

"이게… 끝이 아니……!"

고통에 몸부림치던 마왕은 끝내 완전히 가루가 되어 사라졌다.

"크아아아아아악!"

"크아아악!"

"아아아아아악!"

마왕이 죽음에 이르자 마인들이 머리를 감싸 쥐고 비명을 질러댔다.

아르디엔은 하늘에서 그들을 보며 양팔을 크게 휘둘렀다.

그러자 찬란한 빛무리가 대지를 향해 비처럼 내려가기 시작했다.

그 광경은 너무나도 아름다웠다.

빛의 비가 내리다니!

빠르게 내려온 빛무리는 마인들에게 스며들었다.

그것은 생명의 기운이자 정화의 기운, 그 어떤 말로도 설명이 부족한 순수한 초월의 힘이었다.

죽어가는 모든 것을 되살리고, 오염되어버린 모든 것을 정화시키는 절대적인 힘.

그것을 받아들인 마인들의 모습이 빠르게 바뀌었다.

그들은 마인이 되기 전, 인간이었을 때의 모습으로 돌아가게 된 것이다.

"어? 여, 여기가 어디야?"

"뭐야? 나 분명히 마왕인가 뭔가 때문에 도망치고 있었는데."

정신을 차린 사람들은 얼떨떨한 얼굴로 혼란스러워했다.

그때, 마왕의 지배를 받던 몬스터들은 갑자기 미쳐 날뛰기 시작했다.

하지만 그들 역시 초월의 힘을 받아들이는 순간.

퍼퍼퍼퍼퍼퍽!

그 자리에서 육신이 터져 죽음을 맞았다.

루틴 역시도 마인이 되기 전의 모습으로 돌아왔다.

그는 이미 아스크와의 싸움에서 밀리고 있던 중이었다.

9서클에 이른 아스크는 감히 루틴이 어떻게 해볼 수 있는 상대가 아니었다.

오른팔은 잘리고 왼쪽 눈이 터졌다.

두 다리는 근육이 모두 끊어져 제대로 서 있지 못하고서 주저앉았다.

아스크가 이제 최후의 일격을 준비하는 순간, 아르디엔은 초월의 힘을 뿌렸고, 마인들이 정화되며, 몬스터가 죽어 나간 것이다.

아스크가 위를 힐끔 올려다보고서 중얼거렸다.

"하여튼 저 새끼는 괴물이야."

"하아… 하아… 이런… 이런 일이… 뭔가 잘못됐어. 이건 아니야. 이건 아니란 말이다아아아!"

루틴이 고함을 질렀다.

아스크가 귀를 후비적거리며 그런 루틴에게 다가갔다.

"시끄러우니까 너도 그만 죽어."

"아, 아스크! 잠깐만!"

"닥치라고, 씨팔."

아스크의 몸에서 다크 마나 한줄기가 솟구치더니 루틴의 목을 그대로 벴다.

"……!"

루틴의 머리가 바닥에 떨어졌다.

하나 남은 눈을 부릅뜨고서 입술을 파르르 떠는 루틴.

콰직!

아스크의 발이 그런 루틴의 머리를 밟아 부쉈다.

"이제 진짜 끝났어. 운 나쁘면 지옥에서 보자. 한 번 더 죽여줄 테니까."

그것으로 아스크와 루틴의 싸움이 끝났다.

한데.

"안 돼에에에에!"

아티모르가 비명을 질렀다.

* * *

사실 십존들과 전투를 벌이던 이들은 무언가 이상함을 느꼈다.

십존들은 자신들의 역량을 전부 발휘하지 않고 있었다.

그들은 이 전쟁에 진심으로 가담할 생각이 없었던 것이다.

공방을 주고받는 와중에 그런 십존들의 마음을 읽고 나니 제국연합군의 장수들도 제대로 싸울 마음이 들지 않았다.

한데 마왕이 죽었고, 마인들은 정화되었다.

그 바람에 십존들과의 싸움에 소강상태에 이르렀다.

아티모르는 아르디엔을 넋 놓고 바라보다가 불현듯 루틴을 찾았다.

루틴의 앞엔 아스크가 서 있었다.

그는 루틴의 목을 자른 뒤, 머리를 밟아 터뜨렸다.

"안 돼에에에에에!"

아티모르가 비명을 질렀다.

그는 얼른 다리아에게 달려갔다.

다리아의 몸이 끈 풀린 인형처럼 축 처졌다.

아티모르가 다리아를 품에 안았다.

"다리아! 다리아!"

다리아는 그녀의 주인인 루틴이 죽어버린 이상 이제 아무 것도 할 수 없는 처지가 되어버렸다.

어디에 숨겨놨는지도 모를 라이프 포스 베슬의 생명력이 다 할 때까지 죽지도 못하는 그녀다.

아티모르의 눈에서 커다란 눈물이 흘러내렸다.

"다리아… 다리아아…….."

그런 아티모르를 보며 아스크가 콧방귀를 끼었다.

"왜 지랄이야?"

비극도 이런 비극이 없었다.

지금껏 다리아만을 위해 그 모진 세월을 견뎌낸 것인데, 어찌 이럴 수가 있단 말인가?

다른 십존들 역시 아티모르와 비슷한 감정을 느끼며 고개를 푹 숙였다.

한데 그들의 기분과는 상관없이 사람들은 만세를 외쳐댔다.

"만세! 만세! 마왕군을 이겼다!"

"하멜 공작님 만세!"

"그라함 제국 만세!"

"우와아아아아아아아!"

조금 전까지 마인이 되었다가 다시 본래의 모습으로 돌아온 사람들은 제국연합군의 함성 소리에 사태가 어찌된 것인지 비로소 이해했다.

그들도 제국연합군과 덩달아 만세를 불렀다.

마왕군과의 싸움에서 이기다니!

꿈에도 생각지 못했던 일이었다.

사방에서 만세 소리가 울려 퍼지는데, 아르디엔이 하늘에서 천천히 내려왔다.

그 모습은 마치 신계에서 신이 내려오는 것 같은 착각을 불러 일으켰다.

사람들의 이목을 한 몸에 받으며 아르디엔이 향한 곳은 슬퍼하는 아티모르의 곁이었다.

아티모르는 아르디엔이 다가오자 한 손을 들어 그를 제지했다.

"더 이상 다가오지 마시오. 난 지금… 모든 것이 저주스럽소."

아르디엔은 그런 아티모르에게 따스한 음성으로 말했다.

"그 여인이 다리아인가?"

"…그렇소."

다리아는 죽은 줄로만 알고 있었다.

그런데 전장에 육신을 가지고서 모습을 드러냈다.

한데 루틴이 죽자마자 그대로 축 늘어졌다.

아르디엔은 루틴이 다리아에게 무슨 짓을 한 것인지 익히 짐작할 수 있었다.

"그랜드 리치가 되었군."

"……."

아티모르는 아무런 말이 없었다.

"이제 알겠어. 네가 왜 루틴을 따라 마왕군에 들어가야 했는지."

"날… 혼자 두시오."

"그럴 순 없겠는데."

"제발!"

아티모르가 고함을 쳤다.

하지만 아르디엔은 더욱 가까이 다가왔다.

아티모르는 화가 머리끝까지 올라 그런 아르디엔에게 검을 거누려 했다.

그런데 이상하게도 몸이 움직여지지 않았다.

아르디엔이 아티모르의 곁에 앉더니 다리아의 이마에 손을 얹었다.

"지금 뭐하는 짓이오!"

아티모르는 꼼짝도 할 수가 없어 아르디엔을 막지 못했다. 그저 소리만 버럭버럭 지를 뿐이었다.

아르디엔은 그런 아티모르를 무시하고서 혼잣말을 중얼거렸다.

"육신도, 그녀의 영혼도 무사하니, 그것은 완전체인 나의 힘으로 충분히 다시 엮을 수 있어."

아르디엔이 그리 말하는 순간, 저 멀리서 찬란한 빛 덩어리 하나가 쏜살처럼 다가왔다.

그 빛 덩어리는 라이프 포스 베슬에 담겨 있던 다리아의 영혼이었다.

지금의 아르디엔에겐 루틴이 숨겨 놓은 라이프 포스 베슬을 찾는 것 따윈 일도 아니었다.

그녀의 육신에 가장 크게 반응하는 영혼의 기운을 찾으면 그만인 일이었다.

신은 홀로 세상의 모든 생과 사를 관장한다.

신과 한없이 가까운 아르디엔에게도 전 대륙의 모든 생명에너지가 대번에 파악되었다.

아르디엔이 그 영혼을 다리아의 몸에 집어넣었다.

그러자.

"…다, 다리아!"

다리아의 차가웠던 몸에 피가 돌더니 열기가 올랐고, 코와 입에서 숨이 느껴졌다.

아티모르가 그녀를 천천히 흔들어 깨웠다.

"다리아! 눈을 떠보거라, 다리아!"

아티모르의 목소리를 들은 것인지 다리아가 눈을 뜨고 그를 바라보았다.

"오… 빠? 나… 어떻게 된 거야?"

"다리아!"

아티모르가 다리를 와락 껴안았다.

다른 십존들이 그런 아티모르에게 다가와 놀란 눈으로 남매를 바라보았다.

아르디엔은 잔잔한 미소로 마렌 남매를 축복한 뒤, 제국연합군 쪽으로 걸음을 옮겼다.

그런 아르디엔의 뒤에서 아티모르의 목소리가 들려왔다.

"하멜 공작님! 아티모르 마렌! 이 은혜는 반드시 갚겠소!

잊지 않겠단 말이오! 정말… 정말 감사하오!"

아르디엔은 살짝 고개를 끄덕여 보일 뿐, 다시 뒤를 돌아보지 않았다.

여전히 전쟁터에는 사람들의 만세 소리가 끊이질 않았다.

Epilogue

아르덴 전기

대륙력 384년의 봄.

3년 전 있었던 인마전쟁을 끝으로 이그드라엘 대륙은 더 이상 몸살을 앓지 않았다.

지금도 3년 전의 그 전투는 대단한 전설로 남아 있었다.

아르디엔 하멜 공작은 지금 이그드라엘 대륙에서 거의 신 격화 되어버린 존재다.

그는 그라함 왕국을 제국으로 발전시키는데 가장 큰 기여 를 한 사람이자, 드래곤의 친구이며, 마왕을 물리친 불세출의 영웅이었다.

게다가 세계 최고의 부호이기도 했으며, 가장 유능한 장수들을 거느린 명장이기도 했다.

뿐만 아니라 그의 아내 아로아는 날이 갈수록 그 미모가 개화해 지금은 대륙 삼대 미녀 중 한 명으로 꼽혔다.

부와 명예, 그리고 미녀까지 가지지 못한 게 없는 아르디엔 하멜 공작은 뭇사람들의 부러움과 경외의 대상이었다.

하지만 아직 그에게 없는 것이 있었으니, 바로 자식이었다.

하멜 공작의 주변 사람들은 모두 결혼을 해서 후손을 봤다.

케이아스와 레나는 두 사람의 외모를 반반씩 닮은 개구쟁이 딸 하나를, 마렉과 마리엘은 아비를 똑 닮은 아들과, 어미를 빼다 박은 딸을 연년생으로, 알버트와 라미안은 낙천적인 성격의 아들을, 디스토와 노라는 이란성 쌍둥이를 낳았다.

이 년 전까지만 해도 아이가 들어서지 않는다며 앓는 소리를 하던 마리엘, 크라임 부부도 일 년 전 세 쌍둥이를 안게 되었다.

이제 남은 건 아르디엔과 아로아밖에 없었다.

사실 자식을 봐야 하는 것은 아르디엔에게 있어서도 중요한 일이었다.

그에겐 하멜의 핏줄을 이어가야 하는 막중한 책임이 있었기 때문이다.

한데 아이가 잘 들지 않아 알게 모르게 고민이 많았다.

그런데 7개월 전, 아로아가 헛구역질을 하며 화장실로 달려갔고, 혹시나 싶었던 아르디엔의 의원을 불러 아로아를 진맥하도록 했다.

그 결과 임신 3개월이라는 소식을 듣게 되었다.

아르디엔과 아로아는 뛸 듯이 기뻐 서로를 꼭 끌어안았다.

그리고 7개월이 더 지난 지금.

아로아는 산고의 고통과 싸우며 사랑의 결정체를 탄생시키기 위해 노력하고 있었다.

아르디엔은 그녀의 옆에 서서 손을 꼭 잡아주었다.

아로아의 가쁜 숨과 신음이 길게 이어지고, 그녀의 온몸이 땀으로 범벅이 되었다.

그러다 그녀가 크게 비명을 지르는 순간.

"으응애~!"

새 생명이 세상 밖으로 나왔다.

산파가 아이의 몸을 수건으로 둘렀다.

그리고 탯줄의 끝을 굵은 헝겊으로 꽉 조인 뒤 아르디엔에게 가위를 주었다.

아르디엔은 숨이 턱턱 막히는 기분이었다.

지금껏 단 한 번도 느껴보지 못한 기묘한 감정이 가슴을 쿵쿵 두들겼다.

그가 벌벌 떨리는 손으로 가위를 넘겨받아 조심스레 탯줄을 잘랐다.

산파가 빙그레 웃으며 우는 아이를 그의 품에 안겨주었다.

"……."

아르디엔이 말없이 아이를 바라보았다.

얼굴엔 주글주글 주름이 가득했고, 팔다리는 짧았다. 그리고 한없이… 한없이 약해 보였다. 평생 아르디엔이 지켜줘야겠다는 생각이 들 만큼.

"아들입니다."

산파가 말했다. 아르디엔은 자신의 아들을 데리고 아로아의 곁에 꿇어앉았다.

아로아가 아이의 얼굴을 어루만지며 눈물을 흘렸다.

"어쩜… 얘가… 이 아이가……."

"응. 아로아. 이 아이가 우리……."

아르디엔이 미처 더 말을 잇지 못했다.

아로아가 아이에게 두었던 시선을 아르디엔에게 옮겼다.

그런데.

"당신… 울어요?"

아르디엔은 아무 말도 없었다.

단지 굵은 눈물만 뺨을 타고 흘러내릴 뿐이었다.

단 한 번도 눈물을 흘린 적이 없는 아르디엔이었다.

그런데 지금, 그가 사랑하는 여인이 잉태한 자신의 아이가 태어나는 순간에, 말로 표현할 수 없는 이 영광스러운 순간에,

너무나 기쁘고 감격스러운 감정이 눈물이 되어 흘러내렸다.

아르디엔이 아이의 뺨에 입을 맞췄다.

그리고 아로아의 이마를 쓸어내려 주었다.

"고생했어, 아로아."

"당신두요."

녹초가 다 된 얼굴로 미소 짓는 그녀의 얼굴이 아름다웠다.

그래, 이런 것이었다.

아르디엔이 원하던 삶은 거창한 것이 아니었다.

자신이 사랑하는 사람과 행복한 가정을 이루는 것.

그것이면 족했다.

그리고 지금 비로소 제대로 된 첫발을 내딛은 것 같았다.

이 모든 것을 이룰 수 있게 해준, 내 인생에 행복을 가져다 준, 그녀.

아로아.

아르디엔의 가슴에서 그녀를 향한 진심이 흘러나왔다.

"사랑해."

『아르디엔 전기』 완결

후기

　글쟁이 생활을 하면서 가장 긴 시간을 하나의 작품과 씨름을 한 것 같습니다.
　아르디엔 전기는 그만큼 제게 더 뜻깊은 아이가 될 것 같네요.
　제 성격상 한 질당 7권 이상을 넘기지를 않습니다.
　그 이상 글을 끌어갈 깜냥도 되지 않구요.
　한데 아르디엔 전기는 이상하리만치 욕심이 났습니다.
　조금 더 많은 이야기를 독자 여러분께 들려드리고 싶다는 생각이 들었지요.

예상은 10권이었으나, 개인적 사정에 의해 9권에서 마무리 짓게 되었습니다.

한데 쓰고 보니 이것도 나쁘지 않다는 생각이 드네요.

아르디엔 전기는 어찌 보면 아르디엔 한 명이 대륙을 마구 뒤흔들어 버리는 먼치킨 소설일 수 있습니다.

아니, 그게 맞겠지요.

하지만 전 그 이면에 늘 이런 생각을 하면서 글을 적어 나갔습니다.

어떻게 하면 아르디엔과 그 주변 사람들이 더 행복할까?

그래서 평소에 제가 갖고 싶어 했던 모든 행복의 요소들을 아르디엔과 주변 인물들에게 주려다 보니 먼치킨적 요소가 많이 가미되었던 것 같습니다.

그래서 더더욱 결혼에 대한 이야기도 자주 나오게 된 것이 겠지요.

어찌 되었든 주요 인물들은 다 짝을 지어 결혼시켜 버렸으니까요.

아무튼 긴 여정이 드디어 끝났습니다.

집필하는 동안 알게 모르게 부려온 제 히스테리를 받아주신 존경하는 부모님, 그리고 언제나 내 편인 동생 주영이, 제게 편안한 휴식처와 다름없는 비상 가족들에게 이 지면을 빌어 감사하다는 말 전합니다.

그리고 사랑하는 정아에게도, 고맙다는 말 전하고 싶습니다.

그동안 애독해 주서서 감사합니다.

2014년 7월 24일. 인기영 배상(拜上).

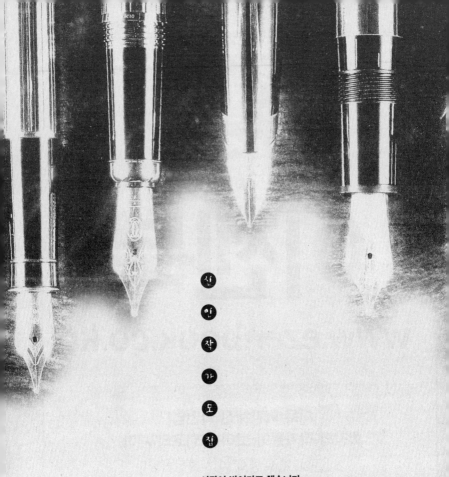

말년병장 이등병되다!

에바트리체 장편 소설

FUSION FANTASTIC STORY

대한민국 남자라면 알고 있을 바로 그 이야기!

『말년병장, 이등병 되다!』

전역을 코앞에 둔 말년병장, 이도훈.
꼬장의 신이라 불리던 그가 갑자기 훈련병이 되었다?!

"…이런 X같은 곳이 다 있나!"

**전우애 넘치는 군인들의
좌충우돌 리얼 군대 이야기!**

Book Publishing CHUNGEORAM

유행이 아닌 자유추구 -
WWW.chungeoram.com

LORD
FANTASY FRONTIER SPIRIT
RAY SHADE
영주 레이샤드

한승현 판타지 장편소설

저주받은 영지 아베론의 영주 레이샤드.
열다섯 번째 생일날,
정체불명의 열쇠가 그의 운명을 바꾸었다!

『영주 레이샤드』

시험의 궁을 여는 자, 원하는 것을 얻으리니!
시련을 극복하고 새로운 땅의 주인이 되어라!

레이샤드의 일대기가 시작된다!

Book Publishing CHUNGEORAM

유행이 아닌 자유추구 -
www.chungeoram.com

FANATICISM HUNTER

광신사냥꾼

류승현 판타지 장편 소설

FANTASY FRONTIER SPIRIT

「블레이드 마스터」의 류승현 작가가 펼쳐내는
판타지의 새로운 신화!

마도대전을 승리로 이끈 유리언 대륙의 영웅,
최강의 아크 메이지 제온!

그러나 '세상의 섭리'에 아내와 아이를 빼앗기는데⋯⋯.

『광신사냥꾼』

만약 그것이 정말로 세상의 섭리라면,
그마저도 무너뜨리고 말리라!

복수를 위한 제온의 위대한 여정이 시작된다!

Book Publishing CHUNGEORAM

유행이 아닌 자유추구 -
WWW. chungeoram.com